論創海外ミステリ
324

アヴリルの相続人

パリの少年探偵団 2

ピエール・ヴェリー
塚原史［訳］

論創社

Les Héritiers d'Avril
1960
by Pierre Véry

目次

主要登場人物

ギヨーム・アヴリル……第一次世界大戦で戦死したアヴリル家の男性。莫大な遺産を残したが遺言書は行方不明
ルグロー……パリの私立探偵。ユリイカ探偵社代表
フェスタラン……パリ市公証人
ジュシオーム……若い錠前師
ミセス・グレイフィールド……イギリスの老婦人
デュクリュゾー……古典劇専門の老俳優
ファイユーム……カイロから来た謎の男
ムッシュー・ド・サンテーグル……パリの大新聞社の社長。ノエル少年の父親
ノエル・ド・サンテーグル……リュドヴィック学園の中学生。十四歳
ドミニック・デュラック……リュドヴィック学園の中学生。ノエルの同級生
ババ・オ・ラム……レストラン・デュラックで働く北アフリカ出身の少年。十五歳
デュラック夫妻……パリのレストラン経営者。ドミニックの両親
ベナール……旅行家。先代の公証人の友人の息子
マダム・アンジェリーノ……ドルドーニュ地方の館に住む未亡人
カスバ……マダム・アンジェリーノが飼っている子ヤギ

アヴリルの相続人

アヴリル家・系図
（原書から複写、主要人物だけ別途記載）

アヴリル家初代：
ノエル・アヴリル（1792-1892）

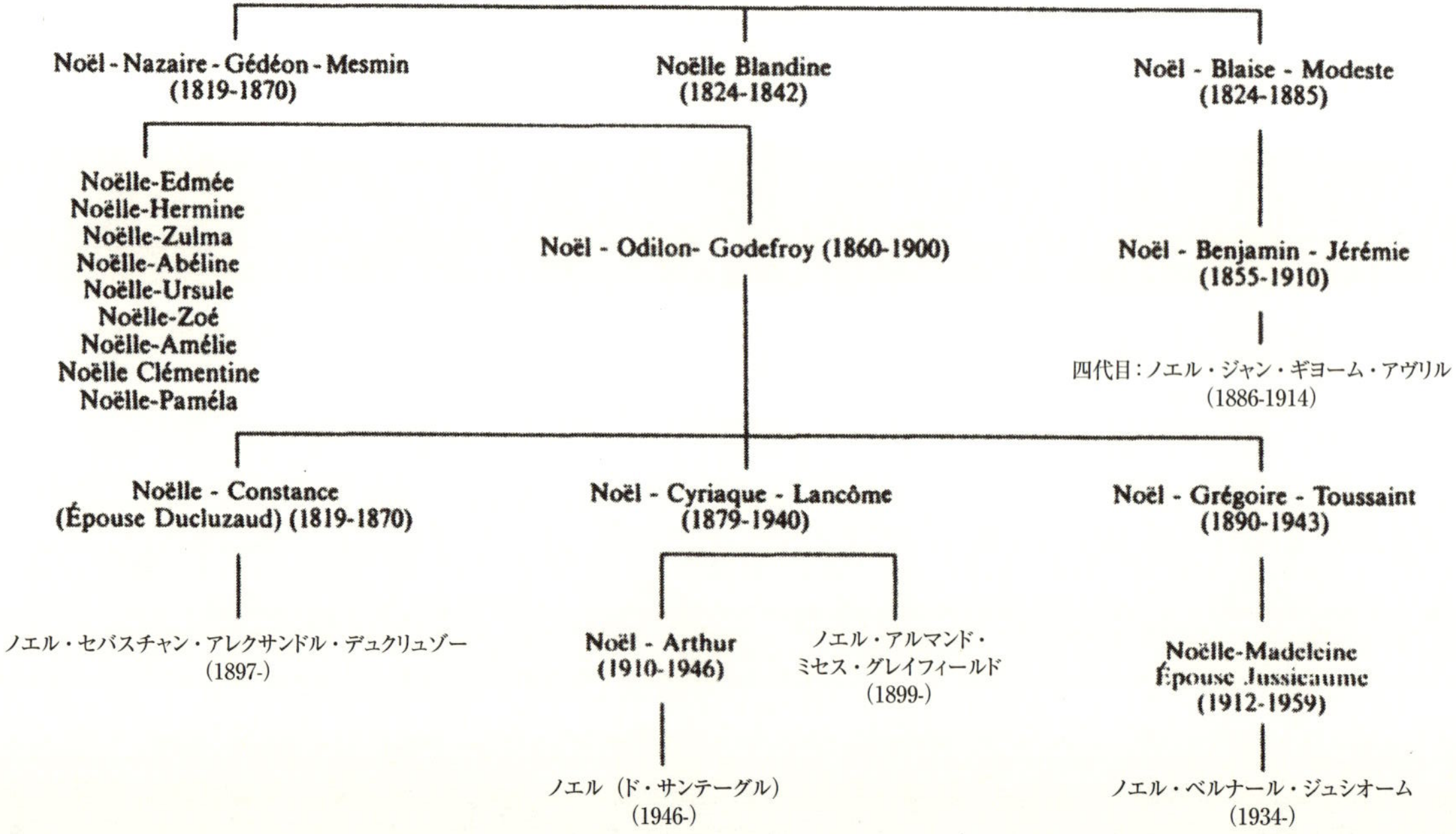

第Ⅰ部　アヴリルの遺言書

レモ・フォルラーニへ
深い友情をこめて

P.V.

第1章　七月にノエルが十六人（ノエルは人名だがクリスマスの意もある）

その日は一九六〇年七月の初めで、美しい日ざしを浴びて、パリ中の家々の屋根やセーヌ河の水面、そして木々の青葉がキラキラ輝いていた。

だが、セーヌ左岸、六区のせまいポン・ド・ロディ通りの、古いビルの一階にある待合室の中は、そんな上天気を忘れてしまうくらい、うす暗くて、陰気だった。若者と老婦人が、色あせた壁紙を背にしてすわっている。時おり、老婦人は、ひびの入った天井を訴えるような眼差しで見上げて、深いため息をつくと、こっけいな調子でなにかつぶやく。イタリア語だ。

正面の壁からは、「眼」が二人を監視しているらしい。といっても、それは大きな貼り紙に描かれた、直径三〇センチはありそうな眼で、輪郭にそって文字が読める。

眼ハ　全テヲ見テイル　知ッテイル　聴イテイル

眼ハ　嗅覚ト　触覚ヲ　結ビツケル

まるで、「眼」がただ見ているだけでなく（眼ならあたりまえだが）、「聴いている」のだから隠れた耳と、「知っている」のだから隠れた頭脳と、「嗅覚」がわかるのだから隠れた鼻と、「触覚」があるのだから隠れた指を持っているとと暗示しているみたいだ。この「眼」に足りないのは、そうだ、言葉を話すことだけなのだ！

そこで、貼り紙のいちばん上を見ると、大きな文字でこう書かれている。

ユリイカ探偵社
調査　捜索　尾行
業務迅速　秘密厳守

いちばん下には、五十歳くらいの太った老紳士の顔写真があって、その横にこう続く。

代表　ジュリアン・ルグロー　私立探偵

待合室の二人はそれぞれ番号札を持ち、若者は９番、老婦人は10番だった。

知り合いではないらしく、不安そうに視線を交わしながら、うすい間仕切りのむこうから聞こえてくる隣の部屋の話し声を聞き取ろうとしている。ほとんど意味不明だったが、突然大声になって、聞こえてきた言葉に、二人は思わず跳び上がった。

「バクダイな財産、ですって、ルグローさん？」

「途方もない財産ですよ、マダム。でも残念ながら、この財産は、あなたとは無関係だと申し上げなくてはなりません。あなたには、ノエル・ジャン・ギヨーム・アヴリルの遺産を相続する権利がないのです」

8番の女性は、フランス南西部のガンプ・シュル・ロットから到着したばかりで、思いがけない言葉にすっかり落胆したが、あきらめ切れずに言い返した。

「そんなはずないわ、ルグローさん！　さっきお渡しした戸籍謄本をもう一度よく見てくださらない。私は、まちがいなくアヴリル家の子孫ですの」

「じつはちがうのです、お気の毒ですが。あなたの曾曾祖母、つまりひいひいおばあさまのファーストネームはマルグリット＝カロリーヌ＝ズルマで、ノエルではありません」

「きっと、なにかのまちがいよ。市役所の職員が、本当の名前を書き忘れたんだわ」と、女性は泣き顔になった。「ずっと昔から、ひいひいおばあさまはノエルと呼ばれていたの。絶対そうなのよ。父も祖父も、私も、名前はノエル（男性はNoël 女性はNoëlle だが発音は同じ）、それが我が家の伝統なんです。そうじゃなかったら、六百キロ以上も離れたガンプ・シュル・ロットから、わざわざ出てくるはずないでしょ！」

「お気の毒ですが、マダム」と、老探偵はもう一度くりかえしただけで、ドアを開けて叫んだ。

「9番の方！」

9番は陽気で、ひとなつこそうな男性だったが、番号を呼ばれるとすぐに、不安といらだちが表情にあらわれた。

ルグローと対面したとたん、彼は叫んだ。「私にいったい、何の用があるんですか！　また告訴するつもりでも？」

「いやいや、ちがいますよ、ムッシュー・ジュシオーム。まったく、ちがいますよ」

「私をからかおうたって無駄なんだ。私は無実だ。ムジッってフランス語、わかるでしょう。あの金庫破りとは無関係だったのに、サン＝プリヴァ銀行のおえらがたのせいで、三年の実刑をくらったのさ。やつらの金庫を開けるくらいなら、自分の手首を切っておけばよかったぜ！」

男性の言葉は、ほんとうだった。彼は頼まれ仕事を引き受けただけだったのだ。サン＝プリヴァ銀行の金庫の鍵が故障して、錠前師が何人も呼ばれたが、誰にも直せなかったのでジュシオームに声がかかり、みごとに金庫を開けただけのことだ。「あなたが正直者だったのは、不幸中の幸いですな。そうじゃなければ、あなたは最悪の金庫破りになっていたところだ」と、銀行の頭取が彼に感謝した時、彼はすなおに笑って、最強の錠前師であることを誇らしく感じたものだった。

ところが不幸にも、その一か月後のある晩、同じ銀行の金庫が開けられる事件が起こった。その時刻に、ジュシオームは自分の部屋ですやすや眠っていたのだが、そのことをどうやって証明できただろうか？

彼は容疑者として逮捕され、裁判にかけられた。というのも、同じ銀行から盗まれたぶあつい札束が部屋から見つかったのだが、じつは、札束は真犯人がこっそり持ちこんで、隠しておいたものだったのである。

判決は懲役五年！

ジュシオームの母は夫に先立たれていたが、重い病気で入院中だった。そこへ、息子が刑務所に入れられたことを知らされ、病状が悪化して悲しみのあまり帰らぬ人となった。

刑務所で模範囚だったジュシオームは三年で刑期を終えて、自由の身となったばかりだった。まだ十日ほど前のことである。

そんな時、ルグロー探偵から召喚状が届いたのだが、そこには何の説明もなく、面談の目的も書かれていなかったから、ジュシオームがまた何かの嫌疑をかけられたと思ったのは当然のことだった。

「私を訴えるためじゃないって？　それじゃあ、いったい、なぜ呼び出したんですか？　ディナーには早すぎる時間でしょう？」

「いやいや、お招きしたのにはわけがあるんです、ムッシュー・ジュシオーム」

「いったい、何のために！　はやく言ってくださいよ」

「まあ落ち着いて、モナミ（「私の友人」の意で、ポワロの常套句）。もちろん、これからお話しします。じつは、二か月前から私が扱っている案件でお知らせしたいことがあったのですが、あなたの場合には……」

「私の場合？」

「そう、あなたは収監中だった。まだ確実ではない良い知らせをお伝えしても、もし誤報だったら、あなたをだますことになるかもしれない。それほど残酷なことはありませんからな。そこで、サプライズは、直接お会いするまでおあずけにしておいた。あなたに関する事実がようやく確認できたのは、一昨日《おととい》だったのですから」

「サプライズ？　どんなサプライズだっていうんですか？　あなたの話はわけがわからない」

「よろしい、ムッシュー。では、事情をてみじかにお話ししましょう。二か月半前、私は、パリ市公証人フェスタラン先生からある調査を依頼されました。最初の世界大戦（一九一四年八月〜一九一八年十一月）が始まったばかりの一九一四年九月八日に戦死したノエル・ジャン・ギヨーム・アヴリル氏の遺産に関して権利を持つ人たちの捜索です。今から四六年も前のことで、アヴリル氏が亡くなってから一族は離散して、探し出すのは容易ではなかった。唯一の手がかりは、アヴリル家には名前の初めに、男性でも女性でも「ノエル」を付けるという家訓があったことです。つまり、最初のご先祖が一七九二年、あのフランス革命（革命時代は一七八九年〜九九年）の最中に生まれたノエル・アヴリルだったので、この方の名前が脈々と受け継がれてきたわけです」

ルグロー探偵は続ける。「というわけで、結局、現在もご存命のノエル・アヴリルさんが一六人ほどおられることが判明しました。その中から、ほんものとにせものを見きわめなくてはなりません。かなり大変な調査でしたが、ようやく調べがついたところでしてな。つつしんでお知らせいたします。ムッシュー・ノエル・ベルナール・ジュシオーム、あなたは、母上の旧姓により「アヴリル」を継承する幸運に恵まれたご一族のおひとりなのです。あなたがたが分け合うことになる戦死したアヴリル氏の遺産は、およそ五百万フランと見込まれます。それ以上ではないかもしれませんが……」

ジュシオームとの面談はここまでで、ルグローは10番の相続人候補者を呼んだ。アルプス山脈を横断するシンプロン・トンネルのイタリア側の町、ピエモンテ州のドモドソッラから来たおしゃべりなイタリア女性だ。彼女は戸籍謄本だけでなく、すっかり黄ばんだ昔の手紙まで持ってきていたが、家系の「証拠」と称する紙切れは、ルグローの前では何の役にも立たなかった。この探偵は一見風采のあがらない中年男だが、正真正銘のプロフェッショナルなのだ。

「残念ながら、マダム、あなたの母方の大伯父はノエルじゃない。どうしようもありませんな！」

そのあいだに、秘書が待合室に新しい候補者を招き入れていた。11番、12番、13番、14番だ。

彼らは「眼」の貼り紙を背にしておとなしくすわったが、12番だけはちがっていた。すりきれた服を着た、六十歳くらいのやせた男性で、すぐに待ちくたびれたような、ふてぶてしい顔つきになった。

顔つきといえば、悲劇も喜劇も演じられる役者の風貌で、まるで陰気なピエロだ！

　男は、最悪の敵でも見つけたかのように、憎らしそうに貼り紙の「眼」をにらむと、こもった低音でくちずさんだ。

「眼は墓の中からカインを見つめていた！」（弟アベルを殺したカインは神の眼から逃げられないという意味）

「オーマイゴッド、ヴィクトル・ユゴーね！」と、驚いたようにすぐに応じたのは11番の老婦人で、ちょっとコミカルな様子は、いかにもイギリスのレディーらしかった。「昔、学校の中で習いましたの、この詩（ユゴー「良心」）を。フランス語だと〈学校の中〉、じゃなくて〈学校で〉、でいいのよね」

　それから、すこしおじぎをして、自己紹介だ。「ロンドンの、ミセス・グレイフィールドと申します」

「やっぱり、ノエルさん？」と、役者風の男がたずねる。

「ノエル？　イエス、ノエル・アルマンド・グレイフィールドよ。母の旧姓が……」

「アヴリルさん？」

「アヴリル、イエス」

　すると突然、男はまるで三銃士そっくりのポーズをとり、貴婦人の前で羽根つき帽子を脱いであいさつするような大げさな演技をして、こう叫んだ。

「お前かい、エリーズよ、おお、この上なく幸せな日であること」

　イギリス人のミセスは、驚いてくちごもる。「で、でも、私、エリーズじゃなくてよ。お会いしたのは、今日がはじめてですわ」

　すると、12番の男がもったいぶって説明する。「これは失礼、かのジャン・ラシーヌの劇のせりふですよ。『エステル』第一幕、第一場」

そして自己紹介。「申し遅れましたが、拙者セバスチャン・アレクサンドル・デュクリュゾー、舞台俳優でございます。母の旧姓が、やはりアヴリルでして」

「まあ、すてき！」と、イギリスの老婦人。「ほんとうに役者さんなの？」

「悲劇が専門でございます。あらゆる名作の主役を、この私が演じたのです。オセロ、ハムレット、エルナニ（ユゴーの同名の戯曲の主人公）、オレスト（ラシーヌの戯曲『アンドロマック』の主人公）。いやはや、私のオレストをぜひお見せしたかったですな……」

こう言い放つと男は顔面をひきつらせ、両腕をねじりあわせた。左手で恐ろしげな顔をささえ、右手は頭のてっぺんに置いて、投げ縄の輪のかたちをつくった。そのまま立ちあがり、奇妙なこびとのようにしゃがみこんだまま、両脚で床を踏み鳴らす。それから、口笛のような「ス」と巻き舌の「ル」の音を響かせて、大声で朗誦した。

「プールルル・キ・スススソン・セセセルパン・キ・シシシッフル・シュシュシュール・ヴォ・テット？」――「その頭上で舌なめずりをする蛇の群れは、誰のためだ？」

ちょうど、秘書が二人の新しい候補者を招き入れたところだったが、二人ともわけがわからず、役者の演技にすっかり面食らった様子だ。四十歳くらいの立派な身なりの紳士と、その連れの中学生の男の子だったが、少年は思わず大声で笑ってしまい、ミセス・グレイフィールドもくちびるをかんで、笑いをこらえたほどだった。デュクリュゾーときたら、まったくたちの悪い役者だ！

ところが、自分の演技が大受けしたと勘ちがいした舞台俳優は、玉座にでも腰かける調子でもとの席にすわると、こう告げた。

「ジャン・ラシーヌ『アンドロマック』、第五幕、第五場でございます」

第2章　ノエル、「グラン・シェフ」と「ババ・オ・ラム」

ルグローのオフィスでは、あのイタリアから来た老婦人が、相続権がないと知らされたあとでも、神様や聖母マリア様まで呼び出して、涙声で嘆願を続けていた。結局あきらめて、イタリア語で探偵への「感想」をつぶやきながら部屋を出たところだ。ルグローには意味がわからなかったが、かなり激烈な暴言だったらしい。でも、フランス人らしく両腕をひろげて肩をすくめただけだった。探偵稼業には、よくあることなのだ！

「ミセス・グレイフィールド、あなたの番ですよ」と、ルグローが呼ぶとすぐに老婦人が立ち上がった。その時、秘書が彼の耳元で何かささやく。すると、探偵はあとから入って来た紳士をしげしげと見つめ、ぞんざいなしぐさでイギリスのミセスを押しとどめた――まるで蠅でも追いはらうみたいに。そして、立派な身なりの紳士の方にかけよる。

「オー！」、この無礼な対応とえこひいきに腹を立てたミセスはあっけにとられたが、おかまいなしだ。

「ご来臨たまわり、恐縮至極でございます。ムッシュー・ド・サンテーグル」、ルグローのおもねりとへつらいがみえすいている。「こんなうらぶれた場所ですが、あなた様をお迎えできるとは、身にあまる光栄に存じます」

ムッシュー・ド・サンテーグル、超がつく億万長者で新聞業界の帝王、パリ中のセレブと「君、おまえ」で話せる人物だ！

「それで、こちらがご子息のノエル君ですね。なんてかわいい男の子！　息子さんに大ニュースをお知らせできるとは、これにまさる幸運はありませんぞ。あなたこそは、公証人フェスタラン先生から捜索を依頼された方々のおひとりなのです！」

「ほんとうなんですね。そう思いますか？」と、ムッシュー・ド・サンテーグルが口をはさむ。

「そう思うどころか、断言いたします」と、ルグローが訂正する。「確信をもって、断言できるのです！」

ノエル少年は、オフィスのひどく平凡な印象に失望していたが、平々凡々な探偵の様子にもう一度がっかりした。探偵といっても「難解な謎の解読者」や「ミステリーの達人」じゃなさそうだ……もちろん、彼が予想していたのは、シャーロック・ホームズのように、鹿撃ち帽をかぶって夢見るようにヴァイオリンを弾きながら、鋼鉄《はがね》の視線で真相を見抜く探偵でも、アルセーヌ・ルパンのように、フロックコートに身をかため、シルクハットに片眼鏡《モノクル》、水晶の林檎付きステッキ姿の怪盗でもなかったのだが！　それでも、どこかしら非凡で、魅力的な人物に会えると少しは期待していたのに、目の前のオジサンはまったく別人だった。この探偵は、家ではスリッパにはきかえるオヤジみたいで、パイプだって吸いやしない！

そうとは知らずに、ルグローはもったいぶって続ける。

「わがユリイカ探偵社は、反論の余地のない証拠しか信用しません。ですから、ムッシュー・ド・サンテーグル、こちらのお子さんがノエル・ジャン・ギヨーム・アヴリルさんの途方もない額の遺産の相続人のおひとりであると、確信をもって、あなたにお知らせできるのです。さあ、奥の部屋にお入りください」

「ちょっと待って!」と、ミセス・グレイフィールドが抵抗する。「こちらの紳士より先に着いていたのよ」

「ほんの少しだけお待ちください。ムッシュー・ド・サンテーグルには、時間がとても貴重ですので」

「まあ! ショッキングね!」とイギリス婦人が叫ぶ。「私の時間だって貴重ですわ。私はミセス・グレイフィールド、ロンドンから着いたところなのよ。それに……」

「ミセス・ノエル・アルマンド・グレイフィールドですよね?」と、ルグローが急に眼を輝かせて、割って入る」

「イエス」

「それでしたら、マダム」と、探偵は急にうっとりした表情で話し始めた。「つつしんでお知らせいたします。あなた様も故ギヨーム・アヴリル氏の正当な相続人のお一人なのです」それから、ノエル・ド・サンテーグル少年を指さして、こう言ったのだ。「こちらの男の子はあなたの弟さんノエル・アーサーのご子息ということになります」

「なんですって、じゃあ私の甥なのね」と、マダムは驚いて嬉しそうに叫んだ。

「そのとおり! あなたの甥御さんですぞ」

「すばらしいめぐりあわせね! イギリス育ちなので、フランスのファミリーの人たちとはめったに会わなかったのよ。おわかり?」そして少年の方にかけよった。

「ボンジュール、私の甥なのね。ちょっといいかしら？」そして少年を抱き寄せ、力強くハグする。

それから、ムッシュー・ド・サンテーグルに突進して、やはりハグ。

「ボンジュール、アルチュール（アーサーのフランス語発音）。ずいぶん変わったのね！　すてきになったわ……若返ったみたいよ」

「じつはマダム、事情がありまして。私はアルチュール・アヴリルじゃないんです」

思いがけない挨拶に当惑して、サンテーグル氏は笑いながら言った。

「どういうこと？　だって。あなたの息子さんが私の甥なら……」

「ノエルの実のパパじゃなくて、養父なんです」

さっきまでうす暗くて陰気だった室内は、この予期せぬ出会いとハグのおかげで急に活気づき、家族的な雰囲気が部屋中に漂いはじめた。壁の巨大な「眼」さえ心がなごんで、ポスターの上でほほ笑んでいるようだ。

その時、グルローの事務所でノエル少年が発した最初の言葉は――

「ぼくの実の両親を……見つけてくれたんですか？」

「いや、それが……」と探偵が小さな声でつぶやく。「見つけられたのは、ご両親の記録だけで」

「でも……」と、ノエル少年は胸がつまりそうだ。「二人とも、生きてるんですか？」

「まったく悲しい話でして！　ご両親は亡くなっておられます、十三年前に自動車事故で。あなたがお生まれになった直後でした」

悲しみがこみあげてきて、ノエルのやせ細った顔がますます細くなる。

「そのあとで」と、探偵は猫なで声で続ける。「あなたは養護施設にあずけられましたが、神さまのおぼしめしというか、すばらしい偶然ですな。お優しいサンテーグルご夫妻が引き取ってくださったのです」

「それじゃあ、探偵さん」、ノエルがおずおずと質問する。「もしかしたら、ぼくのママの名前だけでもご存知ですか？」

「もちろん！　ヴェロニック様です」

ヴェロニック。この名前だけが、少年に知らされた実の母の手がかりとなって、ノエルは、たったひとつの宝物のように、いつまでも心の奥にしまっておくだろう。

ヴェロニック、アルチュール。いま知らされたばかりの二つの名前には、残念ながら顔がなかったのだが……

「ところで、ギヨーム・アヴリルの遺産とは」と、好奇心からというより話題を変えるために、サンテーグル氏がたずねる。「どのくらいの金額になりそうですか？」

「途方もない金額です！　公証人の話では五百万は下らないとか。一九一〇年の五百万フランですぞ！」

それを聞いて、大金持ちの、あの新聞業界の帝王サンテーグル氏でさえあっけにとられたのには、ノエルも驚いたほどだ。

探偵とサンテーグル氏がノエル少年に説明する。一九一〇年頃の一フランは一九六〇年の相場だと、額面でおよそ五倍になるのだ。

「五倍だって！」と、ノエルはびっくりした。「五百万の五倍なら、そうか二千五百万だ！」

「そのとおり！」と、探偵。「じつは一九六〇年に、フランが新フランに切り替わったので、事実上

の価値はその百倍、二十五億フランになるでしょうな！」（一九六〇年一月一日の平価切上げで新一フラン＝旧百フラン）
「にじゅうごおく！」と、少年は繰り返して、頭の中が真っ白になった。
「じつは、それ以上ですぞ！」と、ルグロー探偵が説明する。「この遺産は持参人払いの無記名債権なので、ムッシューもおわかりのように、債券相場が上がれば受け取る金額が増えるわけですな。つまり二千五百万新フランどころか……」
「その倍以上かもしれないわけですな！」と、サンテーグル氏がうなった。パリの億万長者でさえ驚くほどの金額だ。

13番と14番の候補者は、ふたりともアヴリル家の正統な子孫ではなかった。

13番は、ノルマンディー地方のカルヴァドス県にある小さな町クランシャン＝シュル＝オルヌからはるばるやって来た男で、「訴えてやるぞ！」と宣言しながら、憤然として立ち去った。ルグローは両腕をひろげて、肩をすくめるだけだ。

14番は南フランスのヴィルヌーヴ＝レ＝ザヴィニョンから到着した男で、プロヴァンス地方のなまりをふりまいて、陽気な哲学を笑顔で披露しながら「期待外れは予想通りさ」と言い残して出て行った。でも、不運な日にも拾い物ありで、パリは初めてだったから、生涯の夢を実現することができて無駄足にはならなかっただろう。そう、エッフェル塔に昇るという夢だ！

他方、12番つまりあの老いぼれ役者のノエル・セバスチャン・アレクサンドル・デュクリュゾーは、錠前師のジュシオーム、ミセス・グレイフィールド、ノエル・ド・サンテーグル少年とともに、正統な相続人と認定された。全部で四人だ。

朗報を知らされても、あっけにとられたのだろうか、デュクリュゾーは、しばらくのあいだ言葉が出なかったが、突然、怪物のような声でゲラゲラ笑いはじめた。

「わっはっは！　昔の芝居仲間め！　やつらはこういった——お前の時代は終わった、デュクリュゾーおやじ！　劇場の小道具部屋へ急げ、おいぼれめ！——あの時の生意気な若造たちに教えてやろうぜ！」

役者は、まるで舞台に立ったかのように探偵社の事務所中を大股で歩きまわって、わめきちらした。

「劇場をまるごと借り切って、『ハムレット』を上演するぞ！　カムバック公演の皮切りだ！　おつぎは『ロメオとジュリエット』さ。探偵さん、素敵だろう！」

そう言い放つと事務所を飛び出し、劇のせりふもト書きもすべて混ぜあわせて、大声でぶちまけながら近所のセーヌ河岸を走りまわった。

河岸にならぶ古本屋《ブキニスト》の屋台の前では、空にむかってアレクサンドラン（一行十二音節の定型詩）のせりふを吐き出すこの老役者を、古書マニアたちが思わずふりかえって、寛大な微笑を浮かべながら頭をすくめる場面が見られたことは、いうまでもない。

そのあいだ、ルグローはあとから来た16番と面談中だった。最後の相続人候補者である。彼の名はファイユーム・ノエル・メヘメット・オマール。肌はオリーブ色で、縮れ毛がまゆ毛すれすれまで伸びて、額《ひたい》がないように見える。陰険な顔つきだ。ギリシア人？　トルコ人？　アルメニア人？　シリア人？　レバノン人？　エジプト人？　決め手がなかった……カイロからパリのオルリー空港に着いたばかりで、表むきは貿易会社の経営者と自称しているが、公言できない裏の稼業がありそうだった。

パリでは、五区モンターニュ・サント・ジュヌヴィエーヴ通り（パンテオン霊廟の裏通り）のホテル、サント・ジュヌヴィエーヴ・パンテオンに泊まっている。

　ファイユームは、悪知恵のありそうな目つきでルグローをじろじろ見たので、探偵はひどくいらついた様子だった。

「やれやれ、ムッシュー・ファイユーム、先ほどはっきり申し上げたはずですが、もう一度くりかえす必要があれば……」

「必要なし」と、ファイユームが口をはさむ。「パーフェクトに理解しましたよ。あなたは、私が提出した書類が本物かどうか疑ってるんですね。」

「それ以上ですぞ！」と、探偵の声が大きくなる。「あなたの書類は本物じゃないというより、偽造書類なのです。司法当局がすぐに鑑定してくれますよ。」

「個人的見解ですな。でも、私にも抗議する権利がある」と、ファイユームが落ち着きはらって応じる。「そんなことをすれば名誉棄損だ。」

「あなたの信用は地に落ちた」と、ルグロー。「許容範囲を超えてしまいましたな。でも、誠実であろうとなかろうと、あなたはギヨーム・アヴリルの遺産には何の権利も持たないのです。」

「もう最終通告とは、早すぎやしませんか？」と、ファイユームは皮肉たっぷりだ。「結論を出す前に、もう一度、考えなおしてはいかがかな？」

「熟慮の判断だ。その必要はない！」と、ルグローは怒《ど》鳴《な》って立ち上がり、オフィスのドアまで乱暴に歩いてドアを開け、正体不明な訪問者に面談の終了を告げた。

　強気なファイユームも、さすがに真っ青だ。

「で、出て行けというわけですね！」と、ファイユームは口ごもる。「でも、このままじゃ終わりませんよ。またお会いしましょう、ルグローさん。またお会いしましょう」

「また会えるとでも……」と、探偵は冷笑して、壁のポスターの「眼」を指さす。「よく覚えておくんだな。あんたのことは《眼》が見ているぞ！」

　全員の面談が終わって、住いのある一六区（パリ市西部の高級住宅街）にもどったノエル少年は、二人の親友と再会したところだった。一四歳六か月のドミニック・デュラック、通称「グラン・シェフ」と、一五歳のアリ、通称「ババ・オ・ラム」だ（『サインはヒバリ　パリの少年探偵団』の三人組。「グラン・シェフ」は探偵団の「団長」）。

　ドミニックは、やはり一六区のデュバン通りのレストラン店主の息子で、北アフリカ料理が評判の店だ——クスクス（粒状のパスタ）、メシュイ（羊の焼肉）、シシケバブ（羊の串焼き）など。アリは、このレストランの洗い場《プロンジュ》で働いていた。つまり、皿洗いだ。ドミニックは最初、千一夜物語（アラビアンナイト）にちなんで彼を「アリ・ババ」と呼んだが、その後、ラム酒漬けのケーキの連想から「アリ・ババ・オ・ラム」になり、結局「ババ・オ・ラム」におちついたというわけだ。

　それに、ドミニックは近所のラヌラグ通りにあるリュドヴィック学園で、ノエルの同級生であり、二人はまるで親指と人差し指みたいに離れられない親友だった（『サインはヒバリ　パリの少年探偵団』参照）。ちょうど夏休みが始まって、一緒に過ごす時間が増えたところなのだ。

「なーるへそ、そうだったのか！」、ノエルが探偵社での一部始終を話し終えると、ドミニックはくちびるを「へ」の字にまげて言った。

「何百万もの遺産だって？　そりゃ大金だ。でも、お金に興味はないんだ。きみのパパが公証人からきみの取り分を受け取って、きみの名義の銀行口座に入れる、それだけの話だろ？　それで、ノエルの何が変わるんだい？　何も変わりやしない！　きみがほんとうに変わるには、冒険《アドベンチャー》が必要なんだ。わくわくするような冒険が……でも、今の話じゃ、冒険じゃないよ！」

だが、ノエルがまきこまれたこの相続事件が、三人の少年たちをいちばん奇想天外で、いちばん胸おどる、でも、いちばん危険な冒険にひきずりこむことになるとは、まだ誰も知らなかったのだ。

第3章　ウィルキンス兵士の手紙

「さて、マダム、メッシュー（マダムはイギリス女性だけなので単数、メッシューはムッシューの複数）、皆さまが、これから遺産を相続されるわけですが……」

　相続人たち、つまりミセス・グレイフィールド、デュクリュゾー、ジュシオーム、ノエルの四人は、パリ六区トゥルノン通りにある公証人イポリット・フェスタラン師（弁護士や公証人はムッシューではなくてメートル〔師〕と呼ばれる）の裁判所委託事務所《エチュード》に集まっていた。サンテーグル氏とルグローも同席している。

「皆さまはアヴリルの相続人ではありますが……」

　公証人が言葉を切った。四人の表情には不安がよぎる。

「もちろん、遺言者が別の方法で遺産の配分を定めていなければ、の話です。皆さまは直系卑属ではないので、遺言者にはその権利があるのです。もっとも、ギヨーム・アヴリルが独身で死亡して、子を残さなかった以上、皆さまにはじゅうぶんチャンスがありますが……」

　ここで老役者がじれったそうに割って入る――「それなら今すぐ、遺言書を開封してくれませんかねえ」

「この上なく適切なご意見ですな、ムッシュー・デュクリュゾー」と、フェスタラン師は、とりすました様子で応じる。「じつは問題が……私は遺言書を所持してはおりません！」

「持ってないだって？　じゃあ、遺言書はどこにあるんで？」

「まったくわかりません」

「どうして、そんなことが？」

「ところが、ですな。この問題の解決に関して、近々朗報が得られそうなのです。一枚の録音盤《フォノグラフ》のおかげで」

「レコードじゃなくて？」

「レコードでもかまいませんが、当時はフォノグラフと呼ばれていました。ギヨーム・アヴリルは遺言書の在り処《ありか》を指示した言葉を、ご自分で録音していたのです」

「なんだって？　隠し場所をレコード盤で知らせるとは？　天才的なアイディアだ！」

「故人が、これほど奇妙な方法を用いたのには……」と、フェスタラン師は表情を変えずに続ける。

「なにか重要な理由がなかったはずはないと、私どもは、故人の名誉にかけて信じるものです」

そして、事務所の奥の小さな金庫を開けると、一通の封書を取り出した。

「マダム、メッシュー。こちらの封書は、二か月ほど前の五月二日に私宛に配達されたものです。ところが、この手紙が発送されたのは、なんと一九一四年九月二〇日なのです！」

「ファット！　なんですって！　いったい何年かかって届いたの？」と、ミセス・グレイフィールド。

「今年は一九六〇年ですから、四六年かかっています。半世紀近くですぞ！　発送の日付は、封筒の消印の横の〈陸軍郵便〉というスタンプが証明になりますから。書簡の宛名は私の父のオーギュスタン・フェスタラン師です。父は遺言執行の権利を持つ公証人でしたが、亡くなって十年になるので、私が任務を引き継いだのです。父のオーギュスタンはギヨーム・アヴリルと親交があり、彼の利益が損なわれないよう配慮していましたからね」

ここまで話すと、フェスタラン師は急に咳き込んで、スプーン一杯のシロップを水で薄めて、ゴクリと飲んだ。

「失礼、ちょっと喘息《ぜんそく》気味でしてな」

そして、言葉を続ける。

「この手紙は、一九一四年から一八年まで続いた戦争の最中に、ジョン・ウィルキンス（John Wilkins）という兵士によって戦闘の前線で書かれたもので、ウィルキンスは英軍の看護兵でした。半世紀近く前の手紙ですが、なんとごく最近、郵便局の建物の解体工事中に見つかりました。おそまつな話ですが、昔からある郵便ポスト（孤立型ではなくて壁面にはめ込まれた投函口）と建物の正面の壁のあいだに挟《はさ》まったままになっていたのです。こう申し上げると、なぜそんなことがと驚かれるでしょうが、珍しい事件ではありません。郵便物が長年かかって配達された実例は、新聞記事にいくつも出ております」

公証人は記録簿を開いて、記事を読み上げる。

「シャルルロワ、一九五六年六月一九日。三八年遅れて、ベルギー郵便は四〇通ほどの手紙をシャルルロワ付近のいくつかの村に配達した。それらは一九一四年〜一八年の戦争中に、ベルギーの兵士から家族宛に送られた手紙で、オランダのリンブルフ州（オランダ南東部の州でベルギーと国境を接する）の越境案内人《パッスゥール》の倉庫から最近発見された。オランダとベルギーの郵政当局は、すべての手紙を宛先に再発送中である」（新聞記事原文通り）。

それから数ページめくって、「こちらのほうが感動的ですな」

「ナポリ、一九五五年五月七日。一枚の葉書が四五年かかってシチリア島のパレルモからナポリ近郊のカステラマーレに届いた。当時の料金の二サンチーム切手を貼った葉書は、一九〇三年に、当時一七才だったクリスティナ・ラマーナ嬢宛に郵送され、昨日、ようやく宛名人に配達されたのである！」（新聞記事原文通り）。

フェスタラン師は記録簿を閉じた。

「ウィルキンス兵士の手紙はもちろん英語で書かれているので、のちほど全文の翻訳を皆さまにお渡ししますが、さしあたり、その内容を要約してお話ししましょう」

「ウィルキンスは前線の移動野戦病院《アンビュランス》に配属されました。彼の患者は英軍の負傷兵ばかりでしたが、ひとりだけフランス軍の中尉がいたのです。このフランス軍人は瀕死の重傷を負っており、ウィルキンスの献身的な治療のかいもなく、四八時間後に息を引き取りました。死亡時刻は一九一四年九月八日から九日の夜間でした。この中尉が、皆さまお察しのとおり、あなたがたの伯父または大伯父であるギヨーム・アヴリルだったのです」

誰もが沈黙している。

「死の間際に、ギヨーム・アヴリルはウィルキンスを枕元に呼んで、何ごとかを語ったのです。皆さまにとって幸運なことに、この英軍兵士はフランス語がよく理解できました。死の直前の、息も絶え絶えの患者の口からとぎれがちに漏れ聞こえた言葉から、ウィルキンスが理解できたのは、次のような内容でした」

「ギヨーム・アヴリルはオログラフをすでに作成していました。いつのことかはわかりません。この遺言書を、彼は用心のために、ある場所に隠したのです。どこに隠したかは、もちろん不明です。ウィルキンスがたしかに聞き取れたのは、隠し場所がイル・ド・フランス地方（パリ市を中心とする広範な地域圏）のどこかにある、とても古い建物の床板の下だということでした。なぜギヨーム・アヴリルは、そんな歴史小説めいた場所に遺言書を隠したのでしょうか？　あらゆる仮説を検討してみましたが、残念ながら、どれひとつ納得できませんでした。いちばん確実らしいのは、彼にはあらゆる犠牲を払って、この貴重な文書を破棄しようとする複数の敵が存在したという仮説です。これほど高額の遺産が、悪党どもに知られないはずはありませんから！」

「上出来のミステリーですな！」と、ジュシオームが大声を出す。

ノエル少年も、あまりにもミステリアスな話を聞かされて、思わず息が止まりそうだ。

「他にも、ウィルキンスが聞き取ったことがあります」と、公証人が続ける。「それは、ギヨーム・アヴリルが私の父であるオーギュスタン・フェスタラン師に、一九一四年九月六日付で、二通目のオログラフを戦地から郵送したことです。彼が前線で負傷するわずか数時間前でしたが、その直後に、ギヨーム・アヴリルは彼の手紙を載せた軍事郵便車が爆撃を受けて全焼したことを知ったのです。結局、二通目の遺言書が父に届くことはありませんでした。だからこそ、死の間際《まぎわ》に、彼は残った唯一の遺言書とその隠し場所のことを、なんとかして私の父に知らせようとしたのです」

「ごめんなさい、公証人先生」と、ミセス・グレイフィールドがおずおずと割って入る。

「オロなんとかって、どんな遺言書なのかしら？　なんておっしゃったの？」

「オログラフ、自筆遺言書です。全文を遺言者が自筆で書いた遺言書のことですよ」

「アイシー。サンキュー・ベリマッチ」

「イル・ド・フランスの、とても古い建物の床板の下か！」と、老役者がくりかえす。「ギヨーム伯父さんが録音したレコードを聴けば、もっと詳しいことがわかるよう願いましょう！　でも、そのレコードはいったいどこにあるんです？　まさか知らないわけじゃないでしょうな！　それこそ最悪だ！」

「ご安心ください。ギヨーム・アヴリルは録音盤のこともウィルキンスに話したので、彼の手紙にその在《あ》り処《か》が書かれています。録音盤はこの事務所のすぐ近く、ムッシュー・ル・プランス通り（パリ六区で作者ヴェリーが古書店を開業していた街路）の、ガブリエル・ベナールさんとおっしゃる方がお持ちです。ガブリエルさんの父上も、ギヨーム・アヴリルの友人だったのです」

　相続人たちはほっとしてため息をついたが、デュクリュゾーだけが食いさがる。

「でもね、公証人先生。律儀な英軍兵士《トミー》の手紙を受け取ってから、もう二か月だ。そのあいだに、ベナールさんのところに行って、録音を聞いたはずですよね。どこに遺言書があるか、知ってるんでしょう！　じらさないでくださいよ！」

「もちろん、ムッシュー・ル・プランス通りのお宅には行きましたよ。でも、ガブリエル・ベナールさんは二か月間ご不在とのことで、録音は聞けなかったのです」

「まったく、できすぎた話だ！」

　目的を達したかに思えた時、事態が反転するのはよくあることなのだ。

「ベナールさんの行き先くらい、調べたんでしょうね？」

「もちろんです。ところが、この人は気まぐれな詩人で、そのうえ、海が大好きなスポーツマンなので、奥さんと一緒に地中海地方に出かけては、詩を書くかたわらで、ヨットやスキューバダイビングを楽しむのです。それも、日ごとに場所を変えるので、目下所在不明というわけです」

「ふん、詩人か！　けっこうなご身分だ」と、老役者がうなる。「なにも、海に潜らなくても！　私なら、海の絵葉書を見ただけで船酔いがするのに！」

「ご安心ください」と、公証人はかすかに肩をすくめて続ける。「ルイ・ガブリエル・ベナールさんの家政婦の話では、彼は父上が集めたレコードの貴重なコレクションを大事に保管しているそうです。昔の録音盤もふくめた専用の戸棚があるのです」

「当然、鍵をかけた戸棚ですな？」と、デュクリュゾーは皮肉たっぷりだ。

「もちろん、鍵がかかっています、デュクリュゾーさん」と、フェスタラン師。

「そこまでは思ったとおりだ！　ところが、その鍵はベナールが持ち出して、地中海の海底洞窟にでも隠してるんだろう？　海藻の森のなかで、巨大な蛸に守られて！」と、手に負えない役者が反論する。「それとも、キリストが生まれる二百年前に、深さ五百メートルの深海に沈んだフェニキアのガレー船の底に転がるアンフォラの壺に隠したかな？　最悪の場合には、ベナールと奥さんが乗ったヨットが積荷もろとも沈没したというニュースが届くかもしれないぞ！　そうなったら、潜水夫の連隊を雇って地中海中を捜索するほかなさそうだ！　それでも、何も見つからなければ、あとは錠前師に頼んで戸棚の鍵を開けてもらうことにしよう！」

ここまでいうと、デュクリュゾーはジュシオームのほうを見た。

「そうだ、あなたは錠前師だ、ジュシオームさん。天があなたを届けてくれたんだ！」

「な、なんですって？　私をあてにしないでくださいよ」と、ジュシオームは苦り切っている。

「皆さま、そろそろ本日の結論を申し上げてよろしいでしょうか？」と、公証人が冷淡な調子で引き取った。

「お願いします。公証人先生！」と、全員が叫ぶ。

「まことに恐縮！　今日は七月一二日ですな。パリ祭（革命記念日）は二日後ですし、ベナール氏はそろそろ自宅にもどるでしょう。帰宅が確認でき次第、皆さまをもう一度召集いたします」

フェスタラン師が立ち上がると、サンテーグル氏が口をはさんだ。

「パルドン、公証人先生。遺産金の保管状態はご存知ですか？　銀行に預けてあると推測しますが？」

「そりゃあ甘すぎますぞ。最悪の事態に備えて、ギヨーム・アヴリルは絶海の孤島に埋めたにちがいない」と、デュクリュゾーがまた割って入る。

「どちらもありえません！」と、フェスタラン師がいらだつ。

「奇妙な話に聞こえるでしょうが、ギヨーム・アヴリルが彼の財産を安全な場所に移していたとしても、それがどこなのか、遺言書がみつかるまでは、誰にもわからないのです。」

「そりゃそうだ！」と、また老役者。「まったく単純な話ですな……」

公証人がデスクの引き出しからタイプ印刷の一件書類を取り出して、相続人たちに配る。「ウィルキンスの手紙の翻訳に加えて、こちらがアヴリル家のご一族に関して、ルグロー氏が調べ上げた記録集です」そして、ちょっとえらそうにつけ加えた。「この資料によれば、アヴリル家の起源はフランス大革命時代の一七九二年までさかのぼれますが、皆さまはご先祖について、よくご存じではなさそうですな?」

　そのとおり！　相続人たちは何も知らなかったのだ。

「私どもの家系は」と、公証人が尊大な様子で語る。「ルイ十三世時代の一六二二年までさかのぼれます」

「公証人なら、かんたんに調べがつくでしょうよ」と、デュクリュゾー。「でも、ご存知かな。ちょうど同じ年の一六二二年には、私のご先祖のひとりも生まれているのです。話の腰を折るわけじゃないが、この人物は、あなたのご先祖を全員束ねたより、世界中で評判になった！」

「なんと、まあ！」と、公証人は開いた口がふさがらない。「そ、それで、その方はいったいどなたで……?」

「ジャン＝バティスト・ポクランという人物で、またの名はモリエール（ラシーヌ、コルネイユと並ぶフランス古典劇三大作家の一人：一六二二―一六七三）。劇作家で、役者でございます。もうひとりの先祖はウィリアム・シェークスピア（一五六四―一六一六）という人物で、やはり劇作家で、役者でした。ありがたくも地球という星に生まれてくださったのは一五六四年。役者たちこそ、まちがいなく私の〈ファミリー〉なんですぞ。公証人先生、おわかりかな?」

「そうはいっても、その人たちがあなたに何百万もの遺産を残したわけじゃないでしょう?」

「それ以上ですぞ！　美と理想を愛する魂、自分の最良の部分を惜しげもなくさしだす情熱の炎！……昼も夜も消えることなく燃える炎に身を焦がす《ブリュレ》生涯の素晴らしさ！　弁護士なら〈身を焦がす〉の実感がわかるでしょうが、公証人先生ではね…」

「お答えする前に、ムッシュー、あなたは公証人について、いったい何を知っているんですか?」と、フェスタラン師がいきり立つ。

　論争が険悪になってきたので、サンテーグル氏がまた話題を変えようとした。

「ひとつ質問です。たいへん不躾《ぶしつけ》ながら、今回の相続をめぐる奇妙な事態、つまり、ウィルキンスの手紙や秘密の隠し場所や録音盤の話は、意地悪な冗談の傑作のようにも思えてしまうのですが？」

「エイプリル・フールのほら話なら時期はずれだがね」と、デュクリュゾーが笑う（エイプリルはフランス語でアヴリル）。

「二人とも恥ずかしくないの！」と、ミセス・グレイフィールドが抗議する。

「英国のジェントルマンは死んだ人をからかったりしませんわ。ジョン・ウィルキンスは、本当のことを書いたのです」

「じつは、私もはじめは作り話かも知れないと思っていました。でも、ウィルキンスの封筒の切手の消印と日付は真正なものでした。ですから、すでに申し上げたような事情で、ベナールという人物がその後の手紙に書かれた住所にたしかに存在し、彼の父のものだった昔の録音盤のコレクションを所有していることは、まちがいないでしょう」

「なるほど！」と、サンテーグル氏。「でも、出費を惜しまずに調査されたにしては、あなたはまだ録音盤を確認できていませんね」

「公証人なら、そのくらい、すぐにできるとでも？」

「いやいや、そこまでは！　でも、時間がかかりすぎるので、少し驚いているのです」

「少なくとも、ふたつのことが確実です。ムッシュー・ド・サンテーグル」と、フェスタラン師が答える。「ひとつは、ギヨーム・アヴリルが戦場で負傷して、祖国のために名誉の戦死を遂げたこと。もうひとつは、彼が私の父の親友だったことです。四十六年前に、父がウィルキンスの悲愴な手紙を受け取っていたら、アヴリルの相続人をすぐに地の果てまで捜索して、親友の遺志を実現していたでしょう。仮に、あの手紙が失礼きわまりない、不吉な作り話である可能性が九九パーセントだったと仮定しても、父は一パーセントの真実に必ず賭けたはずです！　おわかりかな。私も今、同じことをしているのです。戦死した英雄に、そして尊い友情をわかちあった今は亡き二人に、敬意を表するために」

　尊厳さえ感じられる、だが控え目な告白が終わると、室内は一瞬驚きと沈黙につつまれた。沈黙は拍手に変わり、役者のデュクリュゾーが両手を激しくたたきながら、フェスタラン師に駆けよる。

「先ほどは大変失礼なことを口走り、まことに申し訳ございません。公証人先生も身を焦《ブリュレ》がすほどの自己犠牲の理想を抱いておられることが、ようやく理解できましたぞ！」

　イギリスのマダムも興奮して叫ぶ。

「ワンダフル！　スプレンディッド！　なんてご立派な方、フェスタラン先生！」

　そのあとで、デュクリュゾーが自作の古典詩をくちずさんで音頭を取りながら、先頭に立って一同を階段の踊り場に誘導する。アレクサンドランの詩だ。

「来たれ、我が親愛なる親族たち、カフェに走れ、この麗しきお伽噺《コント・ド・フェ》を、ともに歌い、祝うために！」

　ルグロー探偵が、フェスタラン師にむかってにやりと笑う。

「いつまでもこどもでいられるんだな、役者さんたちは！」

　その直後に、事務所の電話が鳴った。

「アロー？　ええ、こちらはフェスタラン公証人です。どちら様でしょう？……」

公証人先生が思わず跳びあがる。

「オー、もちろん完璧です。朗報ですな、ムッシュー」

いちばん近所のビストロで、相続人の一団は偉大な出来事に祝杯を上げていた。デュクリュゾーが招待したのだ。神様の恵みのような遺産が手に入ったら、途方もない夢が実現するだろう。いったいどんな夢なのか、口々に語り合っている。

デュクリュゾーの夢は、もちろん、劇場をまるごと借り切って、古典劇の名作を続々と上演することだ。

ジュシオームの夢はもっと控え目で、鍵と錠前の工房を建てて、長年アイディアを練ってきた技術の発明にとりくむことだ。いちばん腕利きの金庫破りも歯が立たない、超革命的なタイプの安全な錠前作りである。

ミセス・グレイフィールドはロンドンで貧しい子どもや孤児の世話をしてきたので、彼女が保護しているキッズたちに、日光のふりそそぐ高原や海辺の楽しいバカンスをプレゼントしたいのだ。

一方、ノエル少年は遺産をもらっても特別の計画はないから、公証人先生が渡してくれた調査資料を読みふけっていた。一族の有名な先祖のことを知りたかったのである。

資料の一ページ目は、最近のアヴリルから最初のアヴリルへさかのぼると、一六七年前の一七九二年までさかのぼれる家系図だった。

次のページからは伝記の記述で、フェスタラン師は、いちばん初めの二人のアヴリルについて特記していた。最初は、もちろん初代ノエル・アヴリルで、二代目のアヴリル（ノエル・バンジャマン・

ジェレミー・アヴリル）はアメリカで財産を作った人物だ。

二人の記録を要約しておこう。

ノエル・アヴリル（一七九二―一八九二）

捨て子（両親不明）。フランス革命期の一七九三年四月五日、パリのサンジュリアン・ル・ポーヴル教会のポーチで見つかった。生後三か月ほどで、一七九二年のクリスマス（ノエル）頃に生まれたことになる。教会の保護施設で、赤ん坊（男児）はこの二つの日付から「ノエル・アヴリル」と名づけられた（「ノエル」はクリスマス、「アヴリル」は四月）。上等な産着にくるまれており、見たところ貴族の息子と推定された。両親は、王政が停止され共和国が成立した一七九二年九月以後の混乱期に、命を落としたのであろう。男児はおそらく忠実な侍女にあずけられたが、迫害を恐れた彼女が、ひそかに手放したものと思われる。

その後、パリ、アザール通りの鍋釜など金物作りの職人の店で徒弟奉公に入った。アザール通りはその後テレーズ通りに改称（オペラ座大通りに近い街路。「アザール」には「偶然」の意あり）。

一八〇七年初頭、十五歳になったばかりのノエルは、皇帝の軍旗の下、ナポレオン軍に編入（第一帝政は一八〇四～一四年）、フリートラントの戦い（東プロイセンのフリートラントでロシア軍に勝利）で銃火の洗礼を受けたが、従軍商人ローザ・ド・ヴェルサイユに救われ援助を受ける。一八〇九年にはサラゴサで、フランス軍が多大な犠牲を払ったスペイン戦役に参加。初めて負傷したが軽傷。

一八〇九年には、ヴァグラムの戦い（ウィーン近郊のヴァグラムでオーストリア軍に勝利）で二度目の傷を負うが、またしても軽傷。

当時世界一偉大な軍隊の兵士として勝利を重ねたが、フランス軍は一八一二年にロシアの雪原で敗走。

一八一三年、ライプツィヒの戦いで敗れ、一八一五年、ワーテルローの戦いに軽歩兵部隊工兵として従軍、死をも恐れぬ行動で歴戦の戦士を驚かせ、ガストン・コノール大尉の命を救う武勲で三度目の負傷を遂げた。困難な戦況を克服し、ジョルジュ・ニノー将軍から軍功賞を授与されたほどである。

一八一八年、ヴィクトワール・パメラ・ポンポン嬢と結婚、三児を得る（二男一女）。ファーストネームには、危機に瀕してチャンスをもたらす名前として、三人ともノエル（男児はNoël・女児はNoëlle）を選んだ。この命名は、アヴリル家では現在も継承されている。

ノエル・アヴリルは百歳まで生きる誓いを立て、誓いを守って一八九二年一二月三一日に他界した。

ノエル・バンジャマン・ジェレミー（一八五五―一九一〇）

エメリット・マルグリット・フーインヌ嬢と結婚。一人息子はノエル・ジャン・ギヨーム。

一八九四年、バンジャマン・ジェレミーはアメリカ大陸に出発。一八九六年、ゴールドラッシュの波に乗りクロンダイク金鉱に到着後まもなく、この黄金郷《エルドラド》で莫大な財産を手に入れる。その後も養豚業で成功したが、四五歳の年にシカゴで死亡。

ノエル少年がここまで読んだ時、フェスタラン師がいかめしい表情で部屋に入って来た。ルグロー探偵があとに続く。

「マダム、メッシュー。たった今、ルイ・ガブリエル・ベナール氏からご自宅にもどったとの知らせがありました。私どもの案件についてお話ししたところ、録音盤のコレクションを見せてくださるそうです。これでやっと、録音の内容がわかるでしょう。皆さまの伯父上がご自分の声で録音した文書の内容ですぞ」

じつはその時、ひとりの男が同じ部屋の片隅に忍びこんでいた。男は関係者たちに背を向け、鏡に映った彼らの様子をうかがっている。相続人になりそこなったカイロの男、ファイユームである。こっそり抜け出すと、すぐ近くのムッシュー・ル・プランス通り（オデオン広場をはさんで公証人事務所のあるトゥルノン通り直近）に向かった。

第4章　プチポワと遺言書

「じつは、私も知っていました」と、ルイ・ガブリエル・ベナールが話し始めた。

「一九一三年、つまりドイツとの戦争が始まる前の年頃から、父は親しい友人を招いたディナーのあとで、皆の会話を録音して楽しんでいたのです」

　こういって、念入りに梱包した一枚のレコードを戸棚の引き出しから取り出す。

「これが父の録音したレコードです。昔はフォノグラフ（録音盤）といいましたね。面白いので、少しお聴かせしましょう。おことわりしておきますが、ふざけた余興ばかりですよ」

　相続人たちには無関係な内容で、じれったくなったが、そのうち何か聞こえてくると思うと、義務的に耳を傾けるほかはない。

　ベナール氏の父が歌ったのは短いリフレーンで、「ギヨーム（ドイツ皇帝ウイリアム二世）くたばれ、フレンチフライドポテト万歳！」とか「逃げろ《ターヨ》、逃げろ《ターヨ》、逃げろ《ターヨ》！」といった調子の囃子《はやし》言葉や、度の強いワインの熱気で、沸騰寸前の脳から飛び出したようなかけ声で区切られていた。

　それから、ベナールはテーブルの上に積まれたレコードの山を指さした。

「父は、このコレクションをとても大切にしていました。一九〇〇年から一三年までの流行歌がほとんど全部録音されているので、父の青春そのものだったのです！」

彼の横には妻が、にこやかな表情で立っている。若くて素敵な女性だ。

「ご覧のとおり、レコードは録音内容がわかるように、元のラベルを付けたまま分類してありますが、皆さんがお探しのものは、ここには見あたらないようですな」

それとは別に、ラベルのないレコードが六〇枚ほどあって、ギヨーム・アヴリルのメッセージの録音を探すためには、表面も裏面もあわせて全部聴かなくてはならない。

「表裏が平均五、六分として、レコード一枚が最長十五分くらいでしょう」と、ベナールが計算する。

「全部で六〇枚だから、やれやれ、十五時間もかかってしまう！」

「ルイ、小学生レベルの勘ちがいよ」と、妻が笑って口をはさむ。「レコードを終わりまで聴かなくても、歌謡曲ならイントロだけでわかるし、最悪の場合、探してた録音が最後の一枚に入っていても、一時間もあれば大丈夫じゃない？」

「きみのいうとおりだ」と、ベナール。「われながらバカだったなあ。そこまでは思いつかなかったよ」

「まあ！　ルイ！　あなたは詩人よ、バカじゃないわ。でも……」

「でも、結果は同じだろう？」と、夫は苦笑い。

「そうじゃなくて、夢想家なの！」

二人の会話で奇妙なのは、夫が妻を「きみ、おまえ」（tu）、妻が夫を「あなた」（vous）と呼んでいることだった（フランス語では夫婦でも親子でも通常は tu を用いるので、日本語の「おまえ、あなた」とは語感が異なる）。ちょっと不自然な感じだったが、妻は夫が詩人なので、敬意を表して「あなた」（vous）と呼ぶのだろうか？　それとも、なにか秘密のゲームの規則があるのだろうか？

ベナール家の室内を見まわすと、天井からは漁網がカーテンのようにぶらさがり、陳列棚には、ミニチュアのヨットや小型帆船や大型スクーナーのあいだに、ガラス玉、舟の標識灯、六分儀《セクスタント》、方位磁石《コンパス》などが飾ってある。壁には、望遠鏡や錨や舵が、嵐や、大海原の日の出と日の入りを、小島や岬や入り江を背景に描いた数枚の絵のあいだに架かっている。エキゾチックな街や景色の写真もあった。ガラス扉の奥では、中国やアフリカやポリネシアの美術品がひしめきあう。別の大きなテーブルには、ヒトデやタツノオトシゴや珍しい貝殻をはさんだガラスのプレートが置いてある。別の棚には、地球一周の探検で集めたコレクションがずらりと並んでいた。

これらすべては、人類をたえず苦しめてきただろう侵略の見果てぬ夢のシンボルであり、ルイ・ガブリエル・ベナールの堂々たる体格と、みごとに調和していた。太ってはいたが、パワフルで柔軟なボディと、深い皺の刻まれた顔は、はるか彼方の水平線を見続けて洗われたようなパステルブルーの瞳の輝きに照らされている。あくせくせずに人生を楽しむタイプだが、突然、嵐のように激しく怒り出す「火にかけたミルクのスープ」（慣用句）の性格が見てとれる。

こんな獰猛《どうもう》な外見に、詩人が隠れているとは！

相続人たちがコレクション見物に取りかかると、素敵なマダム・ベナールは、ひどく慎重な手つきで、蓄音機のターンテーブルにつぎつぎとレコードを載せる。

ドラネム、フラッグソン、ベラール、イヴェット・ギルベール、ドナ、ヴァンサン・イスパ、ドミニック・ボノー、マイヨール……（第一次大戦前に活躍したポピュラー音楽のスターたち）

一九一三年までの良き時代のフランスを楽しませた、無邪気で陽気な名曲がつぎつぎと聞こえてきて、世代はちがっても、誰もが思わずほほ笑んでしまう。あのワルツ、あのジャヴァ、あのマズルカは、バル・ミュゼット（アコーデオンの伴奏付きダンスホール）やギャンゲット（郊外の野外キャバレー）で大流行したのだった。

それは月の騎士たちの
褐色のワルツ
（一九〇九年の「褐色のワルツ」、五〇年代にグレコの歌で復活）

リヴィエラの畔で
かぐわしい潮風がささやく
（一九一三年頃の「リヴィエラの畔で」）

きみとは偶々《たまたま》出会っただけさ
ぼくに気があるそぶりも見せないきみだったのに！
（一九〇四年の「魅惑」、五〇年代に映画『昼下がりの情事』で復活）

「ああ！」と、詩人のベナール。「どれも、ノスタルジアをかきたてられるなあ。枯葉が降ってくるみたいだ」
「ごもっとも！　ごもっとも！」と、相続人たちと公証人と探偵がへりくだって応じる。もちろん、あの数百万の遺産の在《あ》り処《か》を知りたいのだ。「美しい想い出ですな。じつに感動的だ！　でも、あのレコードは？　私たちのレコードは！　たしかにここにあるんでしょう?!」

その時突然、謎めいたフレーズが聞こえてきた。

「角ABCノ頂点ニアル木カラ五二メートル離レタ地点ニ移動セヨ」

これだ、レコードは！

ルグローが手早く書きとめる。「木から五二メートル。木は角ABCの頂点」

「角ヲ一九度トシテABCヲ作図セヨ」

「なんだ、どんどん単純になるぞ！　お安い御用で、ギヨーム伯父さん！」と、デュクリュゾーがつぶやいた。ところが、ここから急にむずかしくなる。蓄音機が録音盤の蠟をけずって、不可解な指示を吐き出したのだ。

「地上二メートルノ高サノ杭ヲ一本垂直ニ立テヨ」

「こんどは杭か！」

「しっ、静かに、デュクリュゾー！」と、ルグローが注意してメモを取る。「杭が一本、二メートル」

「杭ノ影ノ長サガ五メートル五〇センチニナッタラ……」

「解答不能問題かな？」と、老役者は皮肉たっぷりだ。

「木ノ高サヲ計算シ太陽ノ方向ガ垂直線トナス角度ヲ求メヨ」

誰もがあっけにとられて、見つめあう。その先を聞いて、当惑はいっそう深まった。

「直角三角形ノ場合」と、レコードは鼻声になる。「斜辺ノ平方ハ直角ヲハサム各辺ノ平方ノ和ニ等シイ」

「ピタゴラスの定理だ！　幾何の授業でも始まるのかな？」

レコードの声が掛け算の表をたどたどしく読み上げる。

「二カケル二八四、三カケル三八九、四カケル四八一六……」

ここで急に、ひどく調子外れで意味不明《アブラカダブラ》な歌が聞こえて、部屋中があっけにとられた。

ユークリッド、わらわの杯はからっぽよ！
注《つ》いで！　注いで！　もっと注いでちょうだい。
杯の縁すれすれまでね
わらわの愛《いと》しいユークリッド
わらわが大好きな
あの甘いお酒を！
ピタゴラ〜スの健康のために！

「私たちをからかっているのかな？」

その時、レコードから、間隔をあけて両手を打ち合わせる音が聞こえてきた。

「さあ、休み時間だ！　授業は終ったぞ！　ちびどもは解散！」

「そうか、わかったぞ！」と、ベナール。「父の親友にリセ（中高一貫校）の自習教師がいました。その後、とても有名な電気工学の教授になり、学士院会員に選ばれたほどです。このレコードを録音したのは、彼にまちがいありません！　生徒たちに朗読させた声を録音したのでしょう！」

次のレコードはラブソングだったが、雑音が多すぎて全部は聞けなかった。

やさしくしておくれ、かわいい人、名前も知らずに
おまえのことをたくさん歌ってきた
もどっておいで　おまえがいないと人生がこわれそうだ
（ユージェーヌ・ビュッフェ「歩道のセレナーデ」：後にエディット・ピアフも歌った）

次は、いよいよコレクションの最後のレコードだ。誰も期待していなかったが、針を飛ばすようなぎくしゃくしたリズムで始まったのは、その場の雰囲気にマッチして皮肉だった。

ぼくを愛してくれるのはかわいい娘
アナンナ、アナンナ、アナミット

あの娘は美人でチャーミング
小鳥のさえずりさながらに
きみをかわいいお嬢さんと呼ぼう
ぼくのトンキキ、ぼくのトンキキ、ぼくのトンキン娘
（ポラン他「かわいいトンキン娘」：ジョセフィン・ベイカーが「ぼく」を女性にして歌詞を一部改変して歌った）

「これで全部？　思ったとおりだ！」と、ジュシオームが苦々しく言い捨てる。「やっぱり、レコー

ドの遺言は作り話だったのさ。ウィルキンス兵士の、たちの悪い冗談だ」

「別の解釈もありますぞ」と、ルグロー。ギヨーム・アヴリルのレコードはたしかに存在していた……でも、誰かが持ち去ったのです！」

全員の視線がルイ・ガブリエル・ベナールに向けられた。もしかしたら、詩人が大金の誘惑に釣られたのだろうか？

ベナールが思わず歯を嚙みしめる。目玉が飛び出しそうだ。

「皆さんは、つまり、この私がレコードを……」

「ちょっと待って、ルイ！」と、マダム・ベナールが叫ぶ。「ほら、あの古い帽子入れよ、衣装戸棚の奥の……」

「そうだ、忘れてたよ」

帽子用の丸い紙の箱は、割れたレコードでいっぱいだった。あらゆるサイズで、割れ方もさまざまだ。

状態のよさそうなものをそっと押さえながら、蓄音機に掛けてみる。すると、昔のシャンソンが、とぎれとぎれに聞こえてきた。

レヴューからもどる途中で……（人気歌手ドラネムが歌った有名なシャンソン）
マシッチュ・ダンス……（ブラジル起源の二拍子の踊り）

こんな調子で、まったく期待外れだったが、突然魔法のような言葉が出てきた。さびしそうで、ゆっくりとした声だ。

「イゴンショ」(Estament)。

その次は「アヴリル」。

「やった！　まちがいない！　アヴリルのユイゴンショ(Testament)だ！」

このレコードには片面しか録音がなく、そのうえ、真ん中で割れていたが、磨いたり削ったりして、別の割れたレコードと、どうにかつなぎあわせることができた。ドラネムの「レヴューからもどる途中で」のレコードだ。こうして一枚のレコードに復元し、なんとか回してみると、探していた録音盤の音声が、たしかに聴こえてきたのである！

もちろん、二枚のレコードの溝はぴったりとは一致せず、接続面に亀裂もあってサファイヤ針が飛んだとはいえ、まず聴こえたのは「私、ノエルは……」で、次に、ドラネムの「おや！　かわいい娘さん」という皮肉な歌声だった。そのあとでまた悲しげで、ゆっくりした声の「アヴリル、生まれは……」と、ドラネムの「プチポワ」(グリーンピース豆)の歌。それから「イゴンショ」と、また「プチポワ」。「北東の方角」と、今度は「野菜」……アヴリルの「遺言書」とドラネムのシャンソンが交互に聴こえるのだ。

おやまあ！　プチポワ、プチポワ、プチポワさん

とってもやさしい野菜《ヤサイ》さん！

それは昔の有名な流行歌で、厳格なフェスタラン師さえ、おもわずくちずさんだほどだった。

アヴリルの遺言の声がレコードの悪戯《いたずら》で「野菜」と組み合わされて、遺言書がプチポワとめぐりあったのだ！

実験がそこで中止されたのは、すでに聴き取りにくい貴重な録音盤の後半を、これ以上サファイヤ針で傷つける必要がなかったからである。

「読解の手がかりの一覧表《マトリックス》を作成してみましょう」と、公証人。「わたしたちは、今のところ、ギヨーム・アヴリルによって録音された文書の半分しか知りません。この部分を編集して推理し、完全に復元できればよいのですが……」

「そうね！　こんな時、トムがいてくれれば！」と、ミセス・グレイフィールドがため息をつく。

「トム？」

「私の従弟《いとこ》ですわ。エジンバラ市の警官で、秘密のメッセージを解読する名人なの。きっと、スコットランドヤードの名探偵になるわ」

「それまでは、私がお役に立ちますよ！」と、ルグローが陽気に応じる。「ご存知かな。推理は私の専門ですぞ。おまかせください」

ノエル・ド・サンテーグルは黙って聞いていたが、親友ドミニック・デュラックのことを考えていた。暗号解読にかけては、無敵な少年なのだ！

ルグローより先に、ドミニックが謎を解ければすばらしいのに！

第5章　割れたレコードの秘密

それから四日後の午前中、相続人たちと探偵は公証人から新しい召喚状を受け取った。

さっそく駆けつけると、フェスタラン師はもったいぶって、できあがったばかりのレコードを取り出す。ギヨーム・アヴリルの声が録音された、あの半分に割れたレコードを別の半分につなぎあわせて完成させたのだ。

皆の表情が輝く。

だが、ルグローだけは浮かぬ顔だ。

「ぬか喜びはいけませんぞ。まだ、謎は解けていない」

「こちらのレコードは、ご存知のとおり」と、公証人が説明する。「皆さまの亡き伯父上の文書の半分を録音しただけです。つまり、レコードが一回転するたびに、半回転の部分の断片的な言葉が聞こえる仕組みで、単語や表現が最初の半分だけ聞こえてから、その回転の残りの部分が無音で続くことが多いのです。今朝、再製作されたレコードを受け取る前に、ルグローと私が試聴したところ、たいへん残念ながら、つながりが不明の断片的な言葉や、疑問符によると思われる中断しか聞き取れなかったことを、あらかじめおことわりしておかなくてはなりません。これから先は、ルグロー探偵の天才的推理力が必要になるでしょうが、ひとまずお聞きください」

レコードが蓄音機に載ってまわり始めると、こんな声が断続的に聞こえてきた。とりあえず書き取ってみよう。

ノ十一時（à onze heures du）…二月二日（2 février）…キュウイチサ（neuf cent trei）…私　ノ
エル（moi, Noël）…アヴリル　生マレ（Avril né）…五月八九（mai 89）…イゴンショ（estament）
…ド　北東（gle nord-est）…神父《アベ》ノニ（our de l'Abbé）…　モシ　ミラ（Si l'aveni）…カゲ（abri）
…マタ見つけた　ラド（retrouvé l'ad）…シモーヌ（Simone）…フィアンセ（fiancée）…モシ天ガ
（que le Ciel）…アラユルコウ（tout le bonh）…ナカッダロウ（n'aurai pas）…　アタエル（donner）

相続人たちは当惑顔だ。

「隠し場所の指示は、どこにも聞こえなかったぞ！」

「干し草の山から縫い針を一本探し出すことになりそうだ！　いや、サハラ砂漠で四つ葉のクローバーを探すようなものかも！」

「これじゃあ、遺言書は永久に見つからんよ！」

「ああ、従弟《いとこ》のトムがいてくれたら……」と、ミセス・グレイフィールドが、またため息をつく。

「まったく」と、探偵がいらだった様子で割り込む。「トム君がそんなに優秀なら、ここに呼んできてくださいよ！」それから、少し落ち着いて「この私、ルグローは、残念ながら、シャーロック・ホームズでもトム君でもありませんが、ひとまず私たちで、謎だらけのメッセージを整理してみましょう」

ルグローはテーブルの上に一枚の紙を拡げた。

「これは私が作った一覧表で、先ほどの録音の内容をレコードの溝ごとに書き取ってあります。溝には番号を付けました。このレコードは半割れ版をくっつけたものなので、録音のない部分に想定されるギヨーム伯父様の発音の長さを、録音部分の話し方を参考にして、数本のダッシュで表しました。やや早口は――、ゆっくりした話し方は―――などになります。もちろん、時計で計ったわけではありませんが！　一分間七八回転（78RPM）のLP版では、初めのほう、つまり盤の外側の溝がいちばん長いわけですが、それでも平均で六音節しか入りません。溝の継ぎ目で音が飛びますが、誤差はせいぜい一音節です。そうした事情もふくめて、録音のない部分に予想される音節をダッシュで示してあるのです。録音部分とダッシュの部分を続けると、全文の内容が推測できるはずです。では、早速、くわしく調べてみましょう」

ルグローが解読方法を説明してくれたので、相続人たちは少し安心して、一覧表をしげしげとのぞきこんだ。

そこには奇妙な文字や数字の列が並んでいる。

溝1番：ノ十一時（A onze heures du）　――

溝2番：二月二日（2 février）　――――

溝3判：キュウイチサ（neuf cent trei）　――

溝4番：私　ノエル（moi, Noël）　――――

溝5番：アヴリル　生マレ（Avril né）　――――

溝6番：五月八九（mai 89）　――――

溝7番：イゴンショ（estament）——

溝8番：ド　北東（gle nord-est）——

溝9番：神父《アベ》ノニ／ト（our de l'Abbé）——

溝10番：モシ　ミラ（Si l'aveni）——

溝11番：カゲ（abri）——

溝12番：発見サレタ　ラド（retrouvé l'ad）——

溝13番：シモーヌ（Simone）——

溝14番：フィアンセ（fiancée）——

溝15番：ネガワクバ天ガ（que le Ciel）——

溝16番：アラユルコウ（tout le bonh）——

溝17番：ナカッダロウ（n'aurai pas）——

溝18番：アタエル（donner）

「でも、これって子どものゲームだよ！」と、ノエル少年が叫んだ。

サンテーグル氏も、他の同席者たちも、あっけにとられて男の子を見つめる。ルグローだけは、やさしい視線を彼に向けて、こう言った。

「秘密のメッセージの前で、子どもたちはこわいもの知らずですぞ！　ノエル君、説明したまえ」

「つ、つまり」と、一覧表をもう一度くわしく見てから、ノエルがくちごもりながら話し始める。

「最初と最後の部分は、かんたんそうですよね。でも、中間がちょっと……」

「私も同感だ」と、老探偵。「たしかに中間は超のつく難問だね」

そして、二枚目の表を拡げる。

「私の第一読解の結果をお見せしましょう。けっこうてこずりましたが」

各行を指先でたどりながら、ルグローが読み上げる。録音のない部分を推理して加筆したのだ。

溝1番：ソノ…ノ夜ノ十一時（A onze heures du…soir, ce)
溝2番：千年ノ…二月二日（2 février…de l'an dix)
溝3判：九百十三、私ハ（neuf cent trei…ze, j'ai)
溝4番：私　ノエル…ジャン・ギヨーム（moi, Noël…Jean Guillaume)
溝5番：アヴリル　一七日生マレ（Avril né…le dix-sept)
溝6番：五月八九…隠シタ　私ノユ（mai 89…caché mon t)
溝7番：イゴンショヲ…カ（estament…dans l'an)
溝8番：ド　北東（gle nord-est)

ここで探偵は朗読をやめて、説明する。

「このへんまでは問題なく進めて、疑問はありません。「ジャン・ギヨーム」は三音節で、録音のない部分と一致します。「一七日」もそうです。「一八八九年五月一七日」は、まさに、あなたたちの伯父上の誕生日なのですから。ところが、その先が……」

そして、表にもどると、また一行ごとに指をゆっくり動かし始める。

溝8番：カド　北東（gle nord-est..de la [t/c]?）
溝9番：神父館ノ塔？‥中庭？‥ニ（[t]our? [c]our? de l'Abbé――――）
溝10番：モシ　未来ガ（望ム／果タス）ナラ　コノ（Si l'aveni…r [veut/fait]qu'en cet）
溝11番：カゲニ…イツノ日カ（abri…il soit un jour）
溝12番：発見サレ　ソレヲ…ニ発送（retrouvé, l'ad…resser à）
溝13番：シモーヌ…？‥私ノ（Simone――？‥ ma）
溝14番：フィアンセ…？（fiancée…――？‥）
溝15番：ネガワクバ天ガ…彼女ニモタラスコトヲ（que le Ciel…lui accorde）
溝16番：アラユルコウ…フクヲ（tout le bonh…eur que je）
溝17番：私ガ彼女ニ…デキナカッタダロウ（n'aurai pas …pu lui）
溝18番：アタエルコト（donner）

「かなり読解が進んだようですな！」と、デュクリュゾーがそっけなく言い放つ。

「まだわからないのは、結局、三つの名前だ。それは何か？　神父館《アベ》（Abbé）か僧院《アベイ》（Abbaye）の名前、その塔《トゥール》（tour）か中庭《クール》（cour）のある場所の名前、そして、ギヨーム・アヴリルのフィアンセ、シモーヌの姓だ。シモーヌは、いったい誰と結婚したのか、誰も知らない。つまり、皆さん、私らはまだ何も知らんのです」

「たしかに」と、フェスタラン師も同意する。「悪霊の呪いのような不運の連続でした。レコードが真っ二つに割れてしまったばかりか、遺言書の在《あ》り処《か》を知るのに欠かせない三つの言葉が、破壊された半分のほうに録音されていたわけです」

「破壊された半分……、それが何か、おわかりかな?」と、老役者が疑い深そうにつぶやく。「言うは易く、行うは難し、ですな。まさに、悪霊の呪いのような不運の連続だ!

しかし、ですよ。悪霊がどれほど強くても、レコードを真っ二つに割るほどの力はないでしょう。そんな話は聞いたことがない！　そのためには、そう、共犯者が必要なのです」

「そうだとしても、それは偶然という共犯者ですよ！　あなたは不注意で何かを壊したことが一度もないとでも?」と、フェスタラン師。

「そりゃ、ありますよ。でも、何百万もの大金は関係なかった」

「つまり、デュクリュゾーさんは、誰かがレコードを盗んだといいたいのですか?」

「ルイ・ガブリエル・ベナールだったら不思議じゃないでしょう?」

「ばかばかしい!」と、ルグローが大声で反論する。「もしベナールが盗もうとしたなら、フェスタラン先生から遺言書の件を知らされた直後に盗めたはずです。割れた半分ではなくて、割れる前の完全盤をね」(割れたレコードはコレクションとは別の帽子入れの箱から見つかったが、いつ割れたかは不明)

たしかに、そのとおりだった。

「ですが、四日前、私たちが帽子入れの箱の中を探していた時、誰かが割れたレコードの半分を見つけて、こっそり持ち去ったかもしれません。それなら可能性があります」

相続人たちの疑いの視線が、ジュシオームに集中する。刑務所から出たばかりだということを知らない者はなかったのだ！　あわれな錠前師があわてて反論しようとした、ちょうどその時、誰かがドアをノックした。

「ベナール様が至急お会いしたいとのことです」と、探偵の秘書が告げる。「非常に重要な報告をなさりたいと……」

「お通ししなさい、急いで！」

「大変なことになりました！」、あいさつの余裕もなく、ベナールが大声で叫ぶ。「昨夜、自宅に空き巣が入ったのです！」

「なんですって？」

「昨夜は妻と二人、バルビゾン（パリ市南方の芸術家村）の友人宅でディナーに招待されていました。ディナーのあとはビリヤード、そのあとはチェスです」

「チェスのあと、午前一時頃夜食が出て、それからのことはよく覚えていませんが、夜更けにパリにもどると、アパルトマンのドアが開いたままで、住み込みの家政婦がベッドの上で縛られて、猿ぐつわをかまされていたのです。賊は、午前零時過ぎに押し入ったようでした」

　相続人たちはあっけにとられて、言葉もでなかった。あのデュクリュゾーさえ、いつものように、劇の名せりふを引用する気にはなれない。

「何か、盗まれたものはありましたか？」と、ルグローがさっそく確認する。

「今のところ、何もないようです。ただ、先日、皆さんが帰ってから、私が自分で、ていねいに整理した戸棚のコレクションのレコードが、床の上にちらばっていました。そこには、父が録音した一枚もありましたが、それもふくめて、すべてが踏みつけられていました。古い帽子入れの箱もからっぽで、皆さん以外の誰かが、遺言書と巨額の遺産の話を知って、異常な関心をいだいていることはまちがいありません」

　犯人は、どうやってお宅に入ったのでしょう？　ドアを壊して？」

「まさか、ちがいますよ。錠前をこじあけるまでもなく、おそらく合い鍵で、音も立てずにドアを開けたのです。指先が器用で繊細な、そう、抜け目のないやつでしょうな。要するに、破廉恥《ハレンチ》な男です。ただ、部屋を出る時、鍵を閉め忘れてしまった！」

　ジュシオームは、また、こっそりと視線が向けられるのを感じて、思わず叫んだ。

「もう、やめてください！　私が錠前師で、出所したばかりだからといって、疑われるのはもうたくさんだ。有罪判決も誤審だったのに、私を、もっと不幸にしたいんですか！」

「彼のいうとおりです」と、探偵。「でも、ジュシオーム君、落ち着きたまえ。誰も、きみを責めてはいないよ。ところで、ベナールさん、家政婦は侵入者の顔を見たんでしょうか？」

「それが、全然見ていないのです。目のあたりに二か所穴の開いたマフラーで、顔全体を隠していたということです」

「髪の毛は？　真っ黒で、少し縮れ毛で、生えぎわが眉毛に近かったのでは？　じつは、思いあたる人物がいるのですが」

「家政婦の話では、賊はマフラーの上に、丸いフェルト帽を目深にかぶっていました。だから、髪の毛はまったく見えなかった。それに、かわいそうな家政婦はすっかり動揺していて、細かいことは、それ以上なにひとつ聞き出せないのです」

「警察への通報は？」

「まだです。まず最初に、こちらに駆けつけたのですが、これから警察署に向かいます」

第6章　カイロの男

「まあ、たいへん！」と、ミセス・グレイフィールドが嘆《なげ》いた。「悪人は、私たちの前に遺言書にたどりつきそうね。もしかしたら、もう手に入れたかしら？」

「それはないでしょう、マダム」と、ルグローが彼女を安心させる。

「その理由を申し上げると、第一《プリモ》に、犯人がベナールさんのお宅で、私たちが探しても見つからなかった、割れたレコードの半分を発見したとは思えません。それに、あの、私たちが聴いたほうの半分でさえ、見つけられたはずはないのです。フェスタラン先生が修復のために、レコード工房に持ち去ったあとでしたから。この点について、先生は疑惑をお持ちではないですよね？」

「工房の技術者は、もちろん信用できます。彼が私を信用しているように」と、フェスタラン。

「それなら、完璧です。私が確信するように、賊が目的を果たせなかったとしたら、やつは、遺言書の在《あ》り処《か》とアヴリルのフィアンセの名前を知り得たはずはありません。隠し場所がアベ（神父館）かアベイ（僧院）の塔《トゥール》（tour）か、中庭《クール》（cour）か、わかるはずはないし、《北東の角》という、さらに細かい隠し場所は、なおさらです。」

戦闘の前の将軍のように、落ち着いて、綿密に状況を分析する探偵の話を聞いて、相続人たちは希望を取り戻した。

ルグローが続ける。

「ところで、ベナールさん。まず、私たちが入手したレコードの録音の記録と、私自身の最初の解釈を、これからお目にかけましょう。それくらいは当然のことです。すでに、たいへんご心配をおかけしたので、あなたは私たちの同志なのですから！」

ルグローが、にやっと笑って解読メモを手渡すと、ベナールは、あの謎だらけの録音記録を読んだ。

「よろしいですな」と、ルグロー。「それでは、これからひとつ質問をします。あなたは、昔、父上と一緒にレコードの録音を楽しんでいた人物を、ひとりでもご存知でしょうか。彼らは、ギヨーム・アヴリルの録音したレコードを聴いたかもしれません。誰かひとりでも、あの塔か中庭のある場所の名前を、たまたま憶えている可能性もありそうですが……」

ベナールは残念そうに、額に皺を寄せる。

「電気工学の教授はもう亡くなりましたが、そういえば、ほかにも、父の友人に若いカップルがいて、二人とも美声だったので、感傷的なロマンスのシャンソンをデュオで録音したことがあります。たしか、こんな歌詞でした。

大切な銀の指輪　あなたがくれたものよ
そのせまい輪にふたりの約束をとじこめて守っておくれ
（「銀の指輪」作詞ジェラール、作曲シャミナード）

残念ながら、このカップルがその後どうなったのかわかりません。彼らの身元もまったく知りませんでした」

「いずれにしても」と、フェスタラン師が割り込む。「この方向の捜索が、謎解きにつながるとは思えませんな。ムッシュー・ルグロー」

「なぜですか？」

「この歌は、上等なランチのあとの、にぎやかな集《つど》いで録音されたものでしょう。若いカップルは楽しそうに歌っています。ところが、あなたも同意されるように、遺言書の録音から感じられるのは、歓喜あふれるというより、孤独と瞑想にふける雰囲気ですね。ですから、ギヨーム・アヴリルが遺言書の朗読をレコードに録音したのは、この歌の日ではなかったのです」

「ご指摘、ごもっともです。おそらく、先生のおっしゃるとおりでしょう。それはさておき、別の問題に移りましょう。溝8番と9番で提起された謎なら、解けるかもしれませんから。

溝8番：カド　北東（gle nord-est…de la [t/c]?)
溝9番：神父館（僧院）ノ塔？中庭？ニ…（[t]our? [c]our? de l'Abbé [l'Abbaye]…)

「ここは塔《トゥール》（tour）でしょうか？　中庭《クール》（cour）でしょうか？」

ノエルが、おずおずと人差し指を上げる。

「よろしい、話してごらん」と、ルグロー。

「まちがいなく《中庭》です、ムッシュー」

「おや、そうかな？　説明をお願いしよう」

「遺言書の隠し場所は《北東の角》ですよね。でも、塔は丸いので、角はありません！

《中庭》のほうは、ふつうは正方形か長方形です」

「その答えじゃ、零点だな！」と、ルグロー先生が応じる。「真四角の塔もあれば、六角形や八角形の塔もあるぞ！　ということは、丸い塔は排除できるわけだが……」

ノエルがまた指を上げる。

「今度は何だい、ノエル」

「それじゃあ、逆に、ここは《中庭》じゃなくて《塔》です」

「答えを変えるのが早すぎるぞ！　まあ、いいだろう。理由は？」

「《中庭》だと屋外なので、雨が降ると遺言書が濡れて読めなくなってしまいます」

「今度も零点！」と、探偵がうれしそうに笑う。「遺言書が、金属製の箱に入っていたとしたら……たぶん、蓋が溶接された箱に」

「たしかに！」と、ノエルがすなおに認める。

「一本取ったぞ」と、探偵。

ところが、その直後に、ノエルがゲラゲラ笑いだす。

「こんどは、先生が零点です。ムッシュー・ルグロー。失礼ですが、ぼくのいうとおりですよ。遺言書の隠し場所は《中庭》ではなくて《塔》で、まちがいありません」

「おや、おや！　なぜだい？」

「ウィルキンス看護兵の手紙ですよ！」

「なんだって？　ウィルキンスの手紙のどこが……」

「こう書いてありましたよね。《とても古い建物の床板の下》です。《中庭》は建物ではないし、それに……」

「ふつうなら、中庭に床板は張らないぞ！」と、ルグローが引き取る。「反論できない論証だ。あの手紙のことは、皆が忘れていた！　ブラボー、ノエル！　今度は、きみが一本！」

探偵と少年のあいだで、遺言書の謎解きは暗号解読ゲームに代わり、賭け金が巨額の遺産だったことは、ゲームの熱狂にかき消されてしまったかのようだ。

「二番目の課題は」と、探偵が続ける。《神父館の塔》か、《僧院の塔》か、ですな。とりあえず《僧院》としておきましょう。イル・ド・フランス地方がいくら広いといっても、塔のある僧院は、それほど多くないはずです。早速、この地方のすべての観光局に問い合わせの手紙を出すことにします。朗報がすぐに届くとよいのですが」

相続人たちの眼が、また輝き始めた。

皆の眼の前には、すでに、塔の荘厳なシルエットが浮かび上がっているかのようだった。きっと、もう崩れかかって、雑草やキヅタやイバラに覆われ、植物群は、ひなたぼっこをする蜥蜴《トカゲ》たちや、日差しを浴びて歌う小鳥たちに占領されている……

ルグローが、ドアのほうにむかう。

「一秒でも、千金の重みがあります。時間を無駄にはできません。業務迅速　秘密厳守、ユリイカ探偵社のモットーです！」

ドアの前で、ルグローは相続人たちをふりかえった。

「秘密厳守に関しては最大限の注意を払うよう、皆さんにお願いするまでもありませんな。ムッシュー・ベナール、警察の捜査状況がわかったら、すぐにお知らせ願います」
「おまかせください」
エレベーターを待たずに、探偵は若者の活気をとりもどして、階段をすばやく駆け下りた。

その数分後、今度は相続人たちが探偵社を後にした。その日の夜、電話か気送速達《プニュマチック》（圧縮空気のパイプ網を利用した高速の市街速達）で、また呼び出されるとは思いもしなかったのである。ベナールも呼び出されたが、すでに「同志」なので、ベナール夫人も探偵社に同行していた。

皆が集まると、ベナールは、警察の捜索がまったく進んでいないと知らせた。侵入犯の指紋さえ取れなかったのは、賊が用心して手袋をしていたからだ。

ところが、公証人は、空き巣以上の重大事件が発生したことを報告した。

アルマンド・グレイフィールドが、パリ六区、サンジェルマン・デ・プレ教会裏の、せまくて静かなジャコブ通りのホテルにもどった時、ポーチの下に隠れていた男が、突然ハンドバックをひったくり、全速力で逃げ去ったのだ！　ひどく動揺したミセス・グレイフィールドは、助けを呼ぶことさえ思いつかなかったという。それに、通りにはひと気がなく、男はもう、つきあたりのレショデ通りに姿を消していた。そのあとは、サンジェルマン大通りを越えて、メトロのマビヨン駅の裏の、込みいった小路にまぎれこんだにちがいなかった。

じつは、ハンドバッグには、身分証明書とパスポート、それに数フランの現金のほかに、あの録音の最初の半分を走り書きしたメモが入っていたのだ！　ミセス・グレイフィールドは、ヘアサロンかドレスメーカーのありふれたアドレスをメモするくらいの軽い気持ちで、封筒の裏に重要な情報を書き写していた。

　老婦人の現金目当ての単純なスリなら、たいして心配はなかったが、この間の事情を考慮すれば、犯人はルイ・ガブリエル・ベナールのアパルトマンの深夜の侵入者と同一人物だったと危惧される、じゅうぶんな理由があった。

「警戒を怠らないよう、あれほどお願いしたでしょう！」と、ルグローは、いらだちを隠さずに大声を出した。「数億フランの価値があるかもしれないメモを、ハンドバッグに入れて歩きまわるとは、正気とは思えませんな！　それくらいなら、暗記しておけばよかったのに。でなければ、あなたの優秀なトム君に付き添ってもらうべきでしたな！」

　ミセス・グレイフィールドが泣き出すか、ヒステリーを起こす寸前だと直感して、探偵は態度を軟化させる。

「ところで、あなたを襲ったのはどんな男でしたか？」

「街灯が暗かったから、顔はよく見えなかったわ」

「どうか、思い出して、マダム。小柄で、陰気な感じで、髪の毛が黒くて、生えぎわがせまかったのでは？」

「そうよ」と、ミセス・グレイフィールドが叫ぶ。「いま、思い出したの。額が、ほとんど見えなかった印象がありますわ」

「ファイユームだ！」と、ルグローがうなる。「やつにまちがいない。あなたのアパルトマンを荒らしまわったのも、たしかにこの男ですよ、ムッシュー・ベナール」

「ファイユーム？　いったい、何者ですか？」

「メヘメット・オマール・ファイユームと名乗る悪党です。エジプトのカイロから来た男で、ファーストネームはノエルと詐称して、アヴリルの子孫だと言い張ったのです。やつは無謀にも相続権まで主張しましたが、彼の提示した出生証書が偽造書類であることはたやすく見破れました。それで、探偵社から立ち去りましたが、その際、思わせぶりな目つきで「またお会いしましょう」といったのです」

重苦しい沈黙が続いた。

「仮に、ファイユームが割れたレコードの、残りの半分をすでに持っているとすれば」と、ルグローが口を開く。「彼は、遺言書の隠し場所を明かした完全な文書の内容を知ったわけです。あとは、イル・ド・フランス地方めぐりの小旅行に出発するだけだ。遺言書が莫大な遺産の在《あ》り処《か》を、やつに教えるでしょう……皆さんは、そう、皆さんは、遺産に別れを告げるのです。仮に、ファイユームが残りの半分のレコードをもっていないとすれば、その場合でも、やつは、いまでは私たちと同じことを知っていますが、それ以上ではありません」

「さっそく警察に訴えて、やつを逮捕させましょう！　でも、居場所はわかるんですか？」

「もちろん」と、ルグロー。「五区、モンターニュ・サント・ジュヌヴィエーヴ通りのホテル、サント・ジュヌヴィエーヴ・パンテオンに宿泊中です」

「警察署に電話しましょう！」と、フェスタラン師が大声で叫ぶと、ルグローは身ぶりで彼を止めた。

「警察に、謎は解けませんよ。ファイユームが逮捕されても、一件落着にはならんでしょう。やつはベナール邸でまったく痕跡を残さなかったし、家政婦にも顔はわかりません。誰にも見られなかったのですから。ミセス・グレイフィールドの事件にも、目撃者がいないので、やつはすべてを否定して、誤認逮捕だと言い張るでしょう……」

「顔を見れば、ミセスならわかるでしょう！　証言してもらえば……」

探偵は、両手を広げて肩をすくめる。

「ファイユームなら、偽の証人くらい何人でも用意できますよ。彼らに、ジャコブ通りから遠く離れた、そう、市内の反対側の場所で、取るに足らない用件で一緒だったと証言させるのです。それで、即刻釈放というわけです」

「どっちにしても、留置所にいるかぎり、やつは遺産探しに走りまわれないぞ！」と、デュクリュゾーが思わず大声で叫んだ。

「共犯者が、代わりに探してくれるでしょう」

相続人たちは、そこまで考えが及ばなかったのだ！　失望感がひろがる。

ベナールが拳を握りしめ、あごを噛みしめている。まるで、ブルドッグみたいだ。

「関係のない事件に深入りしすぎたようだ。でも、あのファイユームさえ捕まえられれば……」

そう言うと、探偵のジャケットの襟の折り返しをつかんで、はげしく揺すった。

「やつは、脅しには弱そうだ！」

ルグローは、あいまいな表情で苦笑いしながら、ベナールの手をはらいのける。

「名案とは思えませんな。ファイユームより賢く、そしてすばやく行動しなくては……」

探偵はまた、にやりと笑って続ける。「ミセス・グレイフィールド、あなたの従弟《いとこ》のトム君がいなくて残念です。それほど推理力があるなら、役に立ってくれそうなのに！」

探偵としての自負を刺激されたのだろうか、いらだった様子だ。

「でも、私を信頼してください。かならず、ファイユームを倒します！　ルグローの名誉にかけて、やつを倒します！　やつより先に、遺言書を見つけてみせます！」

翌朝、ノエル・ド・サンテーグルは、親友のドミニックに、ミセス・グレイフィールドの不幸な事件のことを打ち明けた。それだけでなくて、割れたレコードの録音とルグローの解釈を記録した文書も見せることにした。悪漢に知られた以上、もう秘密を守る必要はないのだ。

事件のてんまつを知ったグラン・シェフ、ドミニックの反応はといえば、まずその場で跳びあがって、ドアに突進することだった。

「どこへ行くの？」

「文房具屋さ、あの日に毛の生えた怖いマダムの店だよ」（『サインはヒバリ』の少年団の学校前の店）

「フーセンガムでも買うの？」

「頭がおかしいぞ！　手帖を買うのさ」

「何のために？」

「ぼくの推理を書いておくためだよ！　これから始まる捜査日誌だ。事件の捜査に参加して、ファイユームを倒すんだ。それに、ルグローも出し抜くんだ。二人より先に遺産を見つけて、宝探しに勝つぞ！」

その日の午後の初め頃、ファイユームは、モンターニュ・サント・ジュヌヴィエーヴ通りのホテルの部屋にもどったが、その直後に、何か異常な気配を直感した。

「もしかしたら、もしかだ……」

そこで、室内のテーブルの引き出しや衣装戸棚の扉を細かく調べると、目に見えない封印のように貼りつけておいた二本の毛髪が、なくなっている。

「まちがいない。留守中に、誰かが訪ねてきたぞ!」

第Ⅱ部　僧院の塔

第1章　ニームのマーニュの塔

「考えがあるぞ!」と、グラン・シェフが叫ぶ。

ノエルとババ・オ・ラムの目の前で、彼はボサボサ髪を逆立てて、ノエルから渡された不完全な文章を五〇回は読んだだろうか。

「どんな考え?」

「つまり、この文章は、ほんとうに遺言書の文章なの?」

「もちろんさ」と、ノエルが反論する。「だって、ぼくがこの耳で聴いたんだ」

「そう、きみが聴き取った。でも、ぼくじゃない」

「そりゃそうさ!」と、ノエルが当惑する。「ぼくだって、十行は書き取ったよ」

「きみは書き取ったんじゃない。ルグローもそうだ。きみたちは翻訳したんだ」

「ホンヤクだって?」

「そうだろう。きみたちはレコードに刻まれて、耳で聴いた音を、紙の上で文字に翻訳したんだ。でも、きみたちの翻訳が正しいという保証は、どこにもない」

「わけがわからないよ」

「この手帖に、ぼくが言うことを書き取ってよ」

ドミニックが口述する。

「ラ・コルド・ド・パンデュ」（首つり人の縄）

ノエルが書き取る。

「終わったかな？　じゃあ、手帖を見せて」

今度は、ドミニックが手早く書いて、手帖をノエルに渡す。

「読んで！」

ノエルが読む——「ラコール・ド・ドゥ・パンデュ」（二人の首つり人の合意）

「わかったかな？　二つの文は発音がほとんど同じなんだ。でも、意味は全然ちがうだろう！　ほら、ヴィクトル・ユゴーにも似たような詩があるよ」（全行韻（オロリム）のことで、二行が同じ音の配列になっている詩のこと。以下の二例は誤ってユゴー作とされるが、正しくは最初がマルク・モニエ、次がアルフォンス・アレの詩）

ガル・アマン・ド・ラ・レーヌ・アラ・トゥール・マニャニム
（王妃の愛人ガルは高潔な旅に出た）
ガラマン・ド・ラ・レーヌ・ア・ラ・トゥール・マーニュ・ア・ニーム
（ニームの闘技場から塔へと優雅な旅程で）
ババ・オ・ラムがびっくり仰天して、おもわず笑いだす。
「それなら、ぼくも知ってるのがある。やっぱり、ユゴーだけど」

オー・ボワ・デュ・ジン・サンタッス・ド・レフロワ
（魔神ジンの森に恐怖が積み重なる）
オー！　ボワ・デュ・ジン・サン・タッス・ド・レ・フロワ！
（おお！　ジンの酒を飲め、百杯の冷たい牛乳を！）

「きっと暇人《ひま》だったんだ、ヴィクトル・ユゴーさんは！」と、ババ・オ・ラムがうれしそうに笑う。

「さあ、結論は？」と、ドミニックがえらそうにたずねる。

「いいかい。耳と目、つまり音声を聴くのと書き取るのとは、別ものなのさ！　ルグローは自分が聴いたと信じた言葉を、たしかに書き取った。でも、聞きちがいだったんだ」

「なるほど、そうだったのか」と、ノエルはあっけにとられた。「古いレコードで、溝が擦り切れていたし、たしかに、音が聴きにくかったよ」

「ぼくが自分で聴かなくちゃだめだ」と、ドミニックは決意する。「レコードはどこだい？」

「公証人か、ルグローのところさ」

フェスタラン師は近づきにくい、えらそうな人物で、半ズボンの少年探偵ドミニックの願いをまじめに聞いてくれる感じがしなかったから、三人は、まずルグローの事務所に向かった。それに、ドミニックは「ユリイカ探偵社の危険な巣窟」に侵入したくて、うずうずしていたのだ。

ルグローは、山のような郵便物をひとおり開封したところだった。

机の上には、パリ広域圏（イル・ド・フランス地方のこと）の、各地の観光局の案内書やパンフレットがうずたかく積まれている。

少年のトリオをちらりと見て、探偵がほほ笑む。

「はじめまして、親愛なる同僚君」、ノエルが訪問の目的を告げると、ルグローはドミニックに挨拶した。初対面だが、グラン・シェフの利発そうな表情や生き生きしたまなざし、それに毅然《きぜん》とした態度に、好感を持ったようだ。

そして、手紙の山を指さす。

「観光局から届いた手紙だよ」

「あの塔が見つかったんですか、ムッシュー？」と、ノエルがたずねる。

探偵は、両腕を空中に突き出した。

「早すぎる知らせは役に立たずさ！　いまのところ、塔も僧院も空振りだよ。僧院も塔もたくさんあるが、塔のある僧院はなさそうなんだ」

「ひとつもないんですか？」

「いや、じつは五つあって、そのうちのひとつは丸い塔だから、対象外だ」

「残るのは、四つですね」

「電子頭脳みたいに計算が速いね、といったら皮肉かな。そう、四つだ。そのうち二つは正方形で、あとは六角形と八角形の塔がひとつずつ。さっそく現地調査に行くつもりなんだが……ところでドミニック、なぜ、あのレコードを聴きたいのかな？」

ドミニックは、さっそく例の聴き取りと書き取りの理論を披露した。聴き取ったつもりで書き取った言葉に、罠《わな》がひそんでいるのだ。

「すばらしい！」と、ルグロー。「じつは、私も同じことを考えていたから、ちょうど、フェスタラン師に、あのレコードを貸してくれるよう頼んでおいた。もう届いたので、二十回くらい蓄音機で回して、秘書と妻と家政婦にも聴かせてみたよ！」

彼は両腕を拡げた。お手上げのポーズだ。

「結果は、そう、新しいことは何もわからなかった！　きみにも聴いてもらおう。きみの方が新発見のチャンスがありそうだな。なにしろ、新しい眼だし……いや、正確に言えば新しい耳だからね」

「眼のことなんですが、ムッシュー」と、ドミニックが思い切って話し出す。「じつは、とても欲しいものがあるんです……あればうれしいんですが、でも、あなたが賛成するとは思えなくて！」

「言ってごらん！」

「探偵社に貼ってあるポスターです、眼が真ん中にあるやつ。すごくセンセーショナルですよね。よかったら、一枚いただけませんか？　ぼくの部屋の壁に貼りたいんです！」

「もちろん、お安い御用さ。ただし、きみが自分の事務所を立ち上げたら、その時は、きみのポスターを一枚わけてくれれば、の話だが。ウィンウィンの関係だろう！」と、ルグローは冗談めかしてOKした。

こうして、ドミニックはあのレコードを聴いた。一回目…二回目…五回目…なかなか終わらない。

「さて、同僚探偵君」と、ルグローがたずねる。「何か、考えはあるかな？」

ドミニックは、首を横に振った。

「考えれば考えるほど、頭が痛くなります。この事件が、これほど複雑に込み入っているとは思いませんでした」

「込み入っているどころじゃないぞ！」

「あの塔、そしてこのレコード……ギヨーム・アヴリルは、アタマがオカシイとしか思えません！」

「そのとおり。だが、フェスタラン師の考えでは、彼は少しもオカシクなかったのだ」と、ルグロー。

「というと？」

「つまり、一連の謎には、至極単純な説明があるはずにちがいない。ごく目立たない、小さな鍵が潜んでいて、この鍵さえ見つかれば、すべてが解明されるというのだが……はたして、そうだろうか？」と、ルグローは懐疑的だ。

その時、電話が鳴った。フェスタラン師からだ。

「なんてやつだ！　あつかましい！」と、すぐさま探偵がうなる。

公証人は、ミセス・グレイフィールドを襲った犯人が、現金も身分証明書もパスポートも、ハンドバッグの中身を全部本人に返送してきたと、ルグローに知らせてくれたのだ。盗賊は、もちろん、割れたレコードの記録をすでに書き写したにちがいなかった。

「われわれをからかってますな。とんだお調子者だ！　それで、ベナールさんのほうでは、何もありませんか、先生？　ひょっとしたら、深夜の無礼な訪問の詫び状を送りつけてきたとか？」

「何もありません」と、公証人。「じつは、奥様から知らされたのですが、ご主人は数日間留守とのことです。地中海で大嵐が起こって、友人に貸してあった船が損害を受けたらしい」

「ついてませんな《バ・ド・シャンス》！」と、探偵は、まったく関心がなさそうだ。

ルグローは公証人に、このあと、昼食が終わりしだい、イル・ド・フランス地方に行って、角ばった塔のある僧院をいくつか見てまわると告げた。

出発の前に、彼はクローゼットから事務所のポスターを一枚取り出して、ドミニックに渡した。

「プレゼントだよ、同僚探偵君。記念に、これを……」

「一分だけいいですか？　最後にもう一度、レコードを聴きたいんですけど、ムッシュー……」と、少年がお願いする。

「執念は名探偵の第一条件なり！」と、ルグローがほほ笑む。

そして、自分の手で蓄音機にレコードを載せると、ドミニックは目を閉じた。音に集中するためだ。

だが、聴き終ると、がっかりして言った。

「だめだ。百万回聴いても、新しいことはわかりそうにないな！」

少年たちは探偵と一緒に階段を下りて、歩道でルグローと別れた。

三人は立ち話を始める。

「人のいいオジサンだろ？」と、ノエル。「田舎の村から出てきた感じだけど、けっこうズル賢《マラン》いし」

「そうかな……」と、ドミニックが急に考え込んだ様子だ。「ズル賢いかな……それほどでもないよ！」

そして、声をひそめて打ち明けた。「ひとつ、考えがあるんだ。センセーショナルな考えだよ！」

ひそひそ話の声で、ノエルとババ・オ・ラムにたずねる。

「レコードで《モシ　ミラ…》（Si l'aveni…）の部分が聞こえた時、何も気がつかなかったかな？」

「何も！」

「それなら、ぼくが夢を見てたわけじゃなかったと証明しよう。きみたち二人で、何かひと続きのフレーズを言ってみてよ。モシ（Si）ミライガ（l'avenir）ソレヲ（le）ユルセバ（permet）とか。

「でも、どうして？」

「いいから発音して！」

ノエルとババ・オ・ラムが、つぎつぎに発音する。

「モシミライガソレヲユルセバ」

「思ったとおりだ！」と、ドミニック。「今までわからなかったけど、まちがいない！」

「何がまちがいないのさ？」

「きみたちは《モシミライガソレヲユルセバ》をひと息で、区切らずに言っただろう」

「そりゃ、そうさ！　単語がつながってるから、ピリオドもコンマも入らない」と、ノエル。

「そうかな？　まあ、いいや。録音を何度も聴いてると、ギヨーム・アヴリルが、最初のほうで、ごく短い間《ま》を取っているのに気づいたんだ。ほとんど無視できるくらい短いけど、まちがいない！　モシ（Si）とミラ（l'aveni）のあいだだよ。それで、結論は？」

「見当もつかないや」と、ババ・オ・ラムは巧妙な解釈に圧倒されている。

ノエルが、大きな声で質問した。

「つまり、モシ（Si）とミラ（l'aveni）のあいだに、ピリオド（.）かセミコロン（;）かコンマ（,）を入れる必要がある、そうなんだろう？」

「そのとおり。それで、ぼくの推理がわかるかな？」

「うーん、全然！」

「わかるはずだよ、ノエル！　モシ（Si）はミラ（l'aveni）につながらないんだ。つまり……つまり……？」ドミニックは、二人が答えるために間《ま》を置いた。

ババ・オ・ラムが答えを見つける。

「つまり、レコードでは、塔のある地名の発音が前の溝で終わらなかったから……」

自分の発見に驚いて、言葉が出ない。

「そうだ、がんばれ！　正解だよ！」

「それで、地名の発音は、次の溝の最初のsi（シ）で終わるんだ」と、今度は、ノエルとババ・オ・ラムが一緒に答える。

「パーフェクト！」と、ドミニック。「たとえば、地名がリュザンシー（Luzancy）（パリ東方六〇キロほどのセーヌ河畔の自治体）だったとするよ。ぼくの名付け親《パラン》が住んでるんだけど。その場合、録音の書き取りはこうなるかもしれない。

私ハ（J'ai）……………………………カクシタ　私ノ遺（caché mon t）
言書ヲ（estament）………………角（dans l'an-）
北東ノ（gle nord-est）……………塔（de la t）
僧院ノ（our de l'Abbay）　…………リュザン（e de Luzan）
シーノ。　未来（cy. L'avenir）……………ガ（r）………以下略（etc.）

「おかしいぞ！」と、ノエル。

「どこが？」

「その次の溝（11番）は《カゲ》（abri）で始まるだろう？　どうやってつながるの？」

「まあ、待てよ。いまわかるから！」

ドミニックは近くのベンチに座って、あの真新しいスパイラルの手帖を取り出した。純白の美しいページで、目に毛の生えたマダムの店で買ったばかりだ。最初のページにはきれいな大文字でタイトルが念入りに書いてある――「我が捜査と推理の日誌」。

その次のページに、急いで数行書き込んだ。

ギヨーム・アヴリル遺言書録音記録：
（1）ルグローの解釈
……私は私の遺言書を隠した／…？の僧院の北東の角に／もし未来がこの陰（隠し場所）にそれ（遺言書）が発見されることを望むなら……
（2）ドミニックの解釈
……私は私の遺言書を隠した／リュザンシーの僧院の塔の北東の角に／もし未来がこの安全な陰（隠し場所）でそれ（遺言書）を見つけ出させるなら……


「ぼくの解釈のほうが、ルグローのよりいいだろう。ギヨーム・アヴリルは、誰かが隠し場所のことを知っていて、遺言書が確実に見つかると思っていたんだ。でも、ルグロー説だと、ギヨームは遺言書が見つかるのを、偶然にまかせたことになる。それじゃあ、筋が通らない」

「きみは最高の探偵だよ、グラン・シェフ！　ルグローに教えてやればよかったのに！」

「まあね、もっと早く思いつけばよかったけど！……あの人が僧院めぐりからもどったら、すぐに話すよ。でも、それまでは、ミセス・グレイフィールドのハンドバッグを盗んだ、あのファイユームだ……」

ドミニックは、運命には逆らえないとでも言いたげに、片方の肩だけすくめてみせた。

「あいつがレコードの録音記録の全文を知っていれば、もう遺言書をみつけて、ひょっとしたら、遺産も手に入れたかもしれない。でなければ、ぼくらと条件は同じはずさ…」

少年探偵は、決然と手帖を閉じた。

「一秒もむだにできないぞ。行動開始！」

「何をするつもり?」と、ノエル。

「イル・ド・フランス地方のガイドブックにアタック！　シ、つまりsiかsyかcyで終わる地名を全部書き出すんだ」と、ドミニック。

「そのあとは?」

「そのあとか！　考えておくけど、じつは計画があるんだ」

「計画?」

「戦闘計画さ！」

第2章　トロンプ・ルナールの館

真夜中だ。

男がひとり、ドルドーニュ県（フランス南西部の内陸県、ラスコーの洞窟でも有名）のトロンプ・ルナール（狐狩りの角笛）の館《やかた》の鉄柵に沿って、こっそり歩きまわっている。

ドミニックとノエルとババ・オ・ラムがルグローの事務所を訪れてから、一日半が過ぎていた。

館は、奥深い松林に覆われた丘の頂きに、ひっそりと建っている。

丘の中腹には、アリューズの町全体が眠り込んでいた。

天空には上弦の月が光り、その青白い微光の下で、ペリゴール地方（ドルドーニュ県の旧称）の平和な谷間には、ヴェゼール川の両岸をふち取って、イタリアンポプラのシルエットがそびえ立ち、銀の甲冑を着た騎士の姿を想い起させた。

男は、ぶあつい口ひげと、ふさふさしたあごひげを生やし、色の濃い黒眼鏡をかけている。帆布製の大きな旅行鞄《ヴァリーズ》を手に持っているが、軽そうだ。中身はからっぽらしい。

あっけないほどたやすく鉄柵を乗り越えたが、番犬も、ペットの小型犬さえみあたらない。

男はやすやすと館内に侵入した。大がかりな改修工事のために外壁に設置された足場にそって、梯《はし》子《ご》が伸びている。彼はひそかにほくそ笑む。押し込み泥棒には最高のもてなしだ！　たしかに、館の所有者であるイザベル・アンジェリーノ未亡人《ヴーヴ》は、あまりにも不用心すぎた。番人も、使用人も雇わず、いちばん近い家々から五百メートル以上離れた、荒れ果てた丘の上に住む、一人暮らしの老婦人には、警戒心など眼中になかったのだ。「悪魔を誘いこんじゃいけないよ、マダム・アンジェリーノ！」と、男が笑った。

建物の三階から、男はいともかんたんに館内に入り込んだ。大きく開いた窓からは、図書室を兼ねたサロンが見える。

世界中には、ちっぽけな戦利品のために、時には命がけで、アルピニストさながらの危険を冒す盗賊も多いが、ここ、トロンプ・ルナールの館には、風車小屋のように苦もなく入れて、半世紀近く前から隠されている途方もない財産を猫糞《ねこばば》することができそうだった！

結局、ドミニックとルグローを出し抜いた人物がいたわけだが、いったい誰なのだろう？……黒眼鏡と、あきらかにつけひげだとわかる口ひげとあごひげの下には、どんな顔がひそんでいるのだろうか？　ファイユームの顔だろうか？　あるいは、この宝探し競争に最終段階で割り込んだ新参のアウトサイダーだろうか？　その場合、この人物は、競争相手の知らない情報を、いったい誰から入手して、ラスコーやゼイジーの洞窟など先史時代の遺跡で知られる、ペリゴールのはずれの辺鄙な片隅に導かれたのか？

侵入者は懐中電灯をつけると、扉を押して階段の踊り場に出た。アンジェリーノ未亡人を起こさないよう用心して、階段を忍び足で登る。高齢者は眠りが浅いのだ。

屋根裏にたどりつくと、そこが目的地だった！

男の得た情報によれば、隠し財産は屋根裏部屋にあるはずの、スペインの古い櫃《ひつ》（蓋つきの大箱）に詰めこまれている。ドアを開けさえすれば、ギヨーム・アヴリルの巨額の遺産とご対面だ。信じられないくらい薄い床板の下で！

　話がうますぎるぞ！　こんなにトントン拍子にいくとは！　男は、ばくぜんとした不安を感じながら、ドアに手を置いた。押し開けるためではなくて――迷信深かったので――「木にさわって不幸を避ける」ためだ。頑丈な古いオークの板のドアだったから、幸運まちがいなしだ！（フランスには「木に触れて難を避ける」という迷信があり、キリストが木の十字架上で処刑された史実にもとづくという）

　ところが、ドアを開けようとすると、こどもっぽい安堵感は消え去った。分厚い扉は巨大な錠前つきで、しかも鍵がかかっている。

　困ったことになったぞ！

　だが、彼にとって幸いなことに、困難はそれほど深刻ではなかった。ポケットから先端が鉤《かぎ》になった金属の棒を取り出して、そっと鍵穴に入れ、何度か回すと、カチッと音がして、鍵のボルトが動いた。

　さすがにドキドキしながら、男は屋根裏部屋に入った。低い梁の横木にぶつかったり、蜘蛛の巣が顔にかかったりすることを恐れて、本能的に頭を下げたが、この種の接触は苦手だったのだ。

　とはいえ、天井がとても高かったので、その危険はなかった。果てしなく高かったのだ！　天井には、キラキラ光る釘が星座状に打ちつけられて、装飾的な効果をあげていたが、じつは、光る釘に見えたのは、夜空の星々だった！　その上には、半月がやさしく輝いている。「天井」とは、なんと、空のことだった！　つまり、男が屋根裏部屋だと思った場所は屋上の長いテラスで、地上から運んだ土を敷いた花壇には、バラやアジサイが咲き誇っている。

「階段にだまされたぞ」と、男はつぶやき、夜の訪問者というひどく異様なセールスマンのスタイルで、からっぽの旅行鞄《ヴァリーズ》を持ちなおすと、下の階に降りた。

爪先歩きで、いくつもの部屋を通ったが、そのひとつは、ちょうどマダム・イザベル・アンジェリーノの寝室で、老婦人がすやすや眠っている。

男は、ようやく別の階段を見つけたが、この発見も屋根裏におとらず驚きに満ちていた。階段は、今度は天井のない夜空ではなくて、虹のようなアーチに通じていた。そこは、部屋全体がとても広くて丸いケージ状の鳥小屋で、無数の止まり木の上にあらゆる種類の、色とりどりの鳥たちが眠っている。彼はあっけにとられて、懐中電灯の光で鳥たちのアーチを照らしながら、鳥小屋を歩きまわった。深夜、この広大なお屋敷の、いったいどこに、どうやって、あの呪われた櫃《ひつ》をみつけだせるだろうか？

それでも、あちこち探し回って、侵入者は、少なくとも四つの櫃《ひつ》を見つけた。どれもスペイン製ではなさそうだが、開けてみると、はじめのひとつには、砂に寝かせた古いワインが数本入っていた。次の大箱では、灰をまぶした骨付き生ハムが粗塩に埋もれていた。三番目は、前世紀（十九世紀）のドレスのコレクションで、ショールや帽子類やレース飾りで、はちきれそうだ。四番目には、『プチ・ジュルナル写真入り付録（日曜版）』の一八八九年創刊以来の号が、ていねいに保管してある。

「おかしいな。どこかに、別の階段があるはずだが」

そのとおり、彼は第三の階段を発見した。幅のせまい螺旋階段で、手すりに、ごちゃごちゃした模様が刻まれている。

十段上ると、ひげ男は懐中電灯を点けようと思った。幸いなことに、それで救われたのだが、あと一歩登ったら暗闇に墜落していただろう。その先はなかったのだ！　天井から一メートル八〇センチのところで、不可解にも、階段が終わっている。

そして、同じ部屋の反対側に、別の階段があったが、こちらはもっと意味不明だった！　最初の踊り場まで上ると下りになり、また上ってまた下るという不条理な昇降が続いて、ようやく床上一メートルのところで終わっている！　ジェットコースター式の階段だ！

「クレージーな、からくり屋敷だ！」

ひげ男は、マダムの寝室にもどろうと試みた。彼女を脅して、スペインの櫃《ひつ》の場所まで案内させようと思ったのだが、もしイザベル・アンジェリーノが拒否したら、どうしようか？　殺すか？　それだけは、ありえない！　というのも、男は、殺人を嫌悪していたし、殺人には、彼にとっても不利な結果が待ち受けているのだ。

それに、もし櫃《ひつ》が館の外部に持ち出されていたら、老婦人が死ねば、どうやって探し出せるだろうか？　いや、無理だ。策略を用いる必要がある。そこで、とりあえず、空の旅行鞄《ヴァリーズ》を近くの戸棚に隠して、いったん退却する作戦に変更した。

ところが、ありえないような悲惨なサプライズが、ひげ男を待ち受けていた。突然、足元の床板が剝がれて、冷たい水を張ったプールに落下したのである！　必死に平泳ぎを試みて、なんとか水から上がれたが、思いがけない水浴にすっかり戦意喪失だ。

おばあさんは、プールで、いったい何ができるのだろう？　彼女がクロールや跳び込みの練習をしているとは、まったく想像できない。

頭からつま先までずぶ濡れになって、男は外壁の足場の梯子《はしご》にもどり、くしゃみを連発しながら庭園に降りた。鉄柵をよじ登った時、少し前に、彼がカーテンの奥に隠れたあの窓辺に、白い人影がおぼろげに見えた。部屋着姿のイザベル・アンジェリーノだ。全身がぶるぶる震えているのがわかる。彼が寝室のドアを開けた時は、眠ったふりをしていたのだ。じつは、その少し前からマダムは恐ろしくなり、毛布をかぶって身を固めて、危険な侵入者が部屋から部屋へと歩きまわる足音を、じっと聴いていた。

「出て行ったわ」と、彼女は姿の見えない相手に話しかける。「だめよ、離れないで、ジョヴァンニ。離れたら、大声で叫んで、気を失ってしまうわ。なんですって！　そうね。忠告を聞いて、番犬を飼えばよかったわ。あなたのいうとおりよ、ジョヴァンニ。なんですって？　あの泥棒が、戸棚に何か隠したかって？　見に行けっていうのね？　わかったわ、見に行ってくるわね」彼女は戸棚にむかう。「旅行鞄《ヴァリーズ》よ、ジョヴァンニ。何が入ってるのかしら？　爆弾？　それとも機関銃？」

　イザベル・アンジェリーノは旅行鞄《ヴァリーズ》を開ける。「からっぽだわ、ジョヴァンニ。あの泥棒は、何かを盗みにもどってくるつもりよ。ああ、神様、どうしたらいいの？　憲兵《ジャンダルム》（フランスでは軍の憲兵が警察業務を兼ねる）に通報しなくちゃあ！……でも、電話は解約したばかりなの。そうね、ジョヴァンニ。あの時も、あなたのいうとおりにすればよかったわ。そうなの、電話なんて全然使わないんだから、料金を払う必要はないと思ったのよ。これからは、あなたのいうとおりにするから、叱らないでちょうだい！　なんですって！　今から、憲兵所まで走って行けって？　夜中に、ひとりで森を横切って？　何を考えてるの？　泥棒がうろうろしてるのに……それも、ひとりじゃなさそうよ……でも、ジョヴァンニ、どうしても行けって、命令なの？　わかったわ、いうとおりにします。あなたの忠告を聞かなかった罰なのね！」

彼女は寝室にもどると、熱にうかされたような勢いで、服を着て靴を履き、コートを羽織って、スカーフをかぶり、両端をあごの下で結んだ。

「そのまま、待っててね、ジョヴァンニ」

だが、館の外に広がる荒地《ランド》の闇にむかって扉を開けると、彼女は急に勇気を失った。また、窓辺に立って、すすり泣き始める。

「やっぱり、できないわ。森は怖すぎるから。ごめんなさい。その代わり、家畜小屋に行って子ヤギと隠れるわね。あの悪党も、きっと、そこまでは探しに来ないから、夜明けまでじっとしています。明日の朝、工事の職人たちが来たら……何ですって？　明日は祝日だから、職人は来ないのね……そのとおりだわ。じゃあ、明日の朝、少しでも明るくなったらすぐに、憲兵所に走って行くわ、あなたに誓って！」

イザベルはたどたどしい足取りで、中庭を横切り、低くてせまい家畜小屋に忍びこんだ。白いかたちがうごめいて、かぼそい声でメエと鳴く。彼女がカスバと名づけた雌の子ヤギ《シュヴレット》だ。

「私だけよ、カスバ。ジョヴァンニと私よ。お願いだから、おとなしくしてね」

干し草の束に座って、片手で子ヤギをなでる。

それからは何ごともなく、夜が過ぎた。

翌朝、朝日が昇ると、彼女は庭園を小走りに横切った。

急ぎすぎて、鉄柵の門を閉め忘れたほどだが、アリューズの町まで走って、憲兵所に通報するつもりだったのだ、ジョヴァンニに約束したとおりに。

その時、黒眼鏡のひげ男の恐ろしげなシルエットが、一本の松の木のうしろから現われた。

第3章　故ジョヴァンニ・アンジェリーノの奇抜な楽しみ

不気味な影を見て、老婦人は心臓が止まりそうだった。

「こんな早い時間に失礼いたします、マダム・アンジェリーノ」見知らぬ男の慇懃《いんぎん》無礼な口調が、その怪しげな性格を、かえって強調していた。「じつは、きわめて急を要する案件がありまして、参上いたしました」

男は、皺くちゃのスーツとめちゃめちゃな髪の毛を、それとなく指さす。

「こんなひどい恰好をお許しください。パリから自動車で、一晩中走ってまいりました」（じつは、ホテルの宿帳に身元を書きたくなかったので、途中で車をとめて松林で野宿したのだ）

「でも、服がずぶ濡れですわ」と、マダムが言い返す（恐怖心は消えなかったが、悪気のない言葉ではなかった）。「道中で、雨に打たれたのね！」

「リモージュあたりで、もうどしゃ降りでした。じつは、車がオープンカーなのに、移動ルーフが故障して閉まらなくなったのです」

「おかわいそうに」と、彼女は同情する。「ほっておくと気管支炎になりますわよ。それほどじゃなくても、ひどい風邪を引きそうね」それから、平静さを装って続けた。「でも、リモージュの人たちは、きっと大喜びよ！」

「私が濡れねずみになったのが、うれしいんですか？」と、男が口をはさむ。

「まあ、ご冗談を！　農家には救いの雨ですわ。だって、三か月も雨一滴降らなかったから、畑中がすっかり焦げついてしまったのよ。あのかわいそうなトウモロコシを見たでしょう？　乳牛もお乳がぜんぜん出なくなって、トウモロコシの代わりに野菜を食べさせなくてはね」

男は苦笑いして、鉄柵の扉を押した。

その時、老婦人がぶつぶつつぶやく。「昨日の晩、いつものパンをお店に置き忘れたの。取りに行ってくるから、そのままお待ちくださいな。十分でもどりますから」

「申し訳ありません、マダム。先ほども申し上げましたが、きわめて急を要する案件がありまして、一刻の猶予もならんのです。用が済んだらすぐパリにもどるので、その前に、ほんの少しだけお時間をいただきます」

「でも、ムッシュー……」

男は有無を言わさずマダムの腕をつかみ、館の庭園に押しもどした。老婦人は何の抵抗もできなかったのだ。

庭園に入ると、二人は奇妙な構築物の横を通った。それは高さ二メートル、幅三メートルほどの建物で、その前に、コンパスと三角定規を手に持った男性の彫像が立っている。

「亡くなった夫よ。ジョヴァンニ・アンジェリーノですわ」と、マダム。「建築家でしたの。これは、あの人が一九一〇年頃設計した〈未来の家〉の模型よ」

この、ごちゃごちゃした作りの模型は、まさに想像を絶する突飛な建築だった。一九〇〇年代の「アール・ヌーヴォー様式」が、ちんぷんかんぷんで複雑な、こどもっぽい「未来派様式」と、まったく不調和にまざりあっているのだ。

「ジョヴァンニの想い出に、私が建てさせたの。彼の設計図を使ってね」と、老婦人はため息をつく。

「夫はものすごく才能があったから、もっと生きていれば、すばらしい建築を残せたはずよ」

だが、ジョヴァンニ・アンジェリーノの建築計画には、ひげ男の侵入者はこれっぽっちの関心もなかったから、彼はマダムを庭園の奥に連れ込んで、こう打ち明けた。

「申し遅れましたが、私はパリの公証人イポリット・フェスタラン師の使いで参った者でございます。じつは、この先生の父上が、故ノエル・ジャン・ギヨーム・アヴリルの財産の件を以前担当しておりまして……」

「まあ、そうだったの！　かわいそうなギヨームのことは、よく存じてましたわ。それなら、こちらにいらっしゃい」

途中で、帆立貝の形をしたプールのそばを通った時、男は前夜の失敗が目に浮かんで、苦虫をかみつぶす思いだった。周囲には「アール・ヌーヴォー様式」の水の女神と海神トリトンの像が立ちならんでいる。

「水泳がお好きなんですか、マダム？」

「いいえ、全然、ムッシュー。ところでお名前は？」

「トマ・デュフィエフと申します」

「メルシー。でも、このプールでは誰も泳いだことがありませんのよ、ムッシュー・デュフィエフ。夫のアイディアだったので、そのとおりに作らせたんですわ」

「奇抜なアイディアですな！」

「そうでしょう《ネスパ》？　ジョヴァンニのアイディアは、いつもオリジナルなのよ」

　しばらく歩いて、二人は別の建物に入る。

「こちらの階段はどこにも行けない階段ですな。これもアンジェリーノ様のお考えで？」と、ひげ男がたずねる。

「そのとおりよ。いつ頃からかしら、夫は階段マニアになったの。この階段も、とても楽しかったでしょ、ネスパ？」

　事情を知っている老婦人は、男が前夜侵入した時のショックを笑顔で隠して、不安そうな訪問者を案内する。

「こちらへどうぞ、ムッシュー。せまいサロンですけど、いつもはここにいますの。夫もあなたにお会いできて、うれしそうよ」

　ひげ男は、思わず跳びあがった。

「なんですって？……アンジェリーノさんが、うれしそう？　でも、旦那《だんな》さんはもう……」

　未亡人はドアを開けると、大きな声で告げた。

「男の方がパリからいらしたわ、ジョヴァンニ。トマ・デュフィエフさんよ。公証人に頼まれて、私たちに会いにきたの」

　それから、彼女はもったいぶって、夫を紹介する。

「こちらが、夫のジョヴァンニ・アンジェリーノですわ」

　彼女は二人用のS字型カウチを指さした。ラブソファ（フランス語では「コーズーズ」）と呼ばれる、二人並んで座るタイプだ。

ところが、ラブソファには誰もいなかった！

「何てことだ！」と、男はあっけにとられて直感した。「ここに来る前に、マダムは頭がおかしいといわれたが、これほどひどいとは！……」

「夫が、ムッシュー・デュフィエフとお知り合いになれてうれしいと申しております」と、老婦人が続ける。

男は驚いて、思わず振り返ったが、小サロンには誰もいない。彼自身とマダムのほかには誰も！

「何ですって、ジョヴァンニ？」と、彼女は話し続ける。「もちろんよ、ちょっと待ってね！」

そして、ひげ男のほうをふりむいた。

「ムッシュー・アンジェリーノが、コーヒーを一杯ごちそうしたいと申しておりますの。大雨のあとの冷え込んだお体が温まりますわ」

男があっけにとられているのを見て、マダムがにやりと笑う。

「まあ、そうだったのね！　皆さまと同じで、私は頭がおかしいと思っていらっしゃるのでしょう。かまいませんわ。それが普通よね！　だって、夫は死んだのですから！　かわいそうに、一九一八年十一月十日に亡くなりました。欧州戦争の終戦の前の日でしたから、よく覚えていますわ。四十二歳になる少し前でした。でも、〈死〉とは、いったい何なのでしょう？　死など存在しないのですよ、ムッシュー・デュフィエフ。〈私たちが失った人たち〉とか、〈私たちから離れた人たち〉とか、〈私たちが涙を注《そそ》ぐ人たち〉とか、そんな言い方がありますわね。でも、涙を流す必要はないのです。私たちは故人を失ってもいないし、故人は私たちから離れてもいません……だから、涙はいらないんです。それどころか、故人は私たちを見守ってくれます。ジョヴァンニだって、いつまでも私と一緒よ」

　彼女は、誰もいないラブソファにむかってほほ笑んだ。

「夜になると、二人でこの〈カクトゥーズ〉に並んですわるのよ。今じゃあ、コーズーズ（ラブソファ）っていうけど、昔の言い方のほうがきれいだから好きなの。すわったら、ジョヴァンニに新聞を読んであげるわ。夫は政治にとても関心があるのに、私にはさっぱりわからないから、説明してくれるのよ。あら、あなた、立ったままなのね。ムッシュー・アンジェリーノがどうぞおすわりくださいと申しておりますわ、ムッシュー・デュフィエフ。

　すっかり度肝《どぎも》をぬかれて、男はそばの肘掛け椅子に腰をおろした。未亡人は空席のラブソファにすわる。そのまま、いつまでも話し続けたが、じつは、恐怖心を押さえて、時間を稼ぐためだったのだ。彼女は祈った。司祭様か、近所の農家か、庭師か、それとも館の改修工事の業者か、誰かが訪ねてくれますように！

「ところで、ギヨーム・アヴリルの話にもどりますが……」と、ひげ男は落ち着きをとりもどして話し始める。

「あの方は、夫の親友でした、デュフィエフさん。あれは一九一三年だった。ギヨームも一緒に共通の友だちと過ごした午後のパーティーのことをよく覚えていますわ。アントワーヌ・ベナールとおっしゃる紳士がいらして、みんなで、レコードに自分たちの声を録音して楽しんだの。もちろん、あとで声を聞くためよ。ジョヴァンニと私は新婚のカップルで、ロマンチックなデュオを歌ったわ。

　大切な銀の指輪　あなたがくれたものよ

そのせまい輪にふたりの約束をとじこめて守っておくれ
（シャンソン「銀の指輪」前出）

ほら、その時のレコードが、まだあそこの蓄音機に入ってるわ。たまに回して、ジョヴァンニと二人で聴くのよ……ギヨームは、自分のレコードに遺言を録音していたの。かわいそうに、あの人はいつも悲しかったから。そうそう、これだけは話しておかなくては、ムッシュー・デュフィエフ。ギヨームはシモーヌに裏切られたのよ、私の妹のシモーヌ・クレラックに。彼女はもう亡くなったわ。二人は婚約していたの。でも、ギヨームは大事なビジネスで三年近く合衆国に行ってしまい、帰ってきたら、シモーヌは結婚していた。おわかりでしょ、婚約した時彼女は十七歳で、まだ年端《としは》のいかない子どもだったの！　ギヨームが自分との結婚をまじめに考えていないと思い込んで、忘れられたと勘ちがいしたのね」

ひげ男は、だまって聞いていた。彼女の話は妄想かもしれないが、作戦の進行には有利になりそうだ。

未亡人が、誰かの声に耳を傾けている。

「なんですって、ジョヴァンニ？　そうね、ばかだったわ！　ムッシュー・アンジェリーノは、あなたの貴重な時間を、わたしのおしゃべりで無駄にさせるなと申しております。長旅で、すっかりお疲れなのに！」

マダムはひげ男の顔から眼をそむけようとしたが、彼女の視線は、その口ひげの不自然な様子に、思わずひきつけられた。つけひげが前夜の雨で少しはがれたうえに、睡眠中に曲がってしまったことに、男は気づいていなかったのだ。

「ムッシュー・アンジェリーノは、パリの公証人が何の用件で、あなたをここへ派遣したのか知りたいそうですわ。あなたたちを信用できるものを、何かお持ちですか?」

ひげ男は一枚の紙をさしだす。

「こちらが、フェスタラン師の書簡でして、私の信任状と今回の案件に関する説明になっておりますす」

(もちろん、書簡は男の偽造で、公証人の署名もにせものだった)。ご確認いただけるように、私は公証人先生の代理人として、あなたが私におまかせくださることを……」

「もちろんですわ、ムッシュー・デュフィエフ。でも、あなたにいったい何をまかせるのかしら?」

「絶好のチャンスだ、ばあさんの頭がおかしくて何より! 赤ん坊の手をひねるよりかんたんに、いうことを聞きそうだ」と、男はほくそえむ。

「ごくかんたんなことでして、ギヨーム・アヴリルの財産を私どもに預けてくだされば、それをフェスタラン師が法定相続人に配分いたします」

「ギヨームの財産? いったい、何の話なの?」と、老婦人がやり返す。

「まあ、まあ、マダム」と、男はたちまちパニック寸前だ。「一九一四年の戦争の開戦前夜、あなたのご主人は軍隊に召集されて、あなたを守るために、パリからこの館に疎開させましたね?」

「もちろんですわ、ムッシュー」

「その頃、ギヨーム・アヴリルも召集されたので、ご主人と二人であなたに同行したのでは?」

「そのとおりよ、かわいそうに! それっきり、ギヨームには会えなかったの」

「なるほど。それでは、ギヨーム・アヴリルが財産をあなたたちに託したのは、その時だったわけですな」

「彼の財産ですって?」と、彼女はくりかえした。「何の話なの?」

老婦人はラブソファの、隣の空席を見つめる。

「ギヨームが、あなたに財産を渡したの、ジョヴァンニ? 私に隠していたのね?」

彼女は、聞き耳を立てると笑いだした。

「やっぱり、そうだったのね……」(それからひげ男にむかって)「公証人先生の勘ちがいですわ、ムッシュー。夫は、ギヨームが私たちに財産を渡すなんて、ありえない、財産の全部でも一部でも、絶対にありえないと、はっきり申しております」

「そんなばかな! ひどすぎる!」と、男がうなる。「よくもそんなことがいえますな……」

だが、そこで慎重さが彼をひきとめた。

「この財産はですな、マダム、持参人払いの債権でして、スペインの古い櫃《ひつ》に入っているのです……」

老婦人が割って入る。

「スペインの櫃《ひつ》ですって? まあ、そうだったの! 早く言ってくだされればよかったのに! それなら、よく覚えてますわ。ウィ、ウィ、ウィ! たしかにギヨームが持ってきて、ここに置いていったのよ。

ひげ男は安堵《あんど》のため息をついた。

「ただ……」と、彼女が続ける。

男は、また不安になった。「ただ、何ですか?」

「ただ、ギヨームの財産が入っていたなんて、知らなかったのよ。そこには、たしか……何ですって、ジョヴァンニ？　そうそう、手紙とか珍しい本とか、外国旅行の想い出の品とか。ギヨームも意地悪ね。私たちに中身を教えてくれればよかったのに！」

ギヨーム・アヴリルが、櫃《ひつ》の中身も知らせずに、あれほど巨額の財産をアンジェリーノと彼の妻に渡したとは、とうてい考えられなかった。とはいえ、そんな「ささいな細部」は、老婦人の記憶から出てきたものにすぎない。かまうものか！　重要なのは、彼女が櫃《ひつ》の存在を思い出したことだ！

ひげ男は、その場で立ち上がった。

「それで……その櫃《ひつ》は、ど、どこにあるんですか？」

男は、血管の血が凍りつくほど緊張している。

「それが……」と、未亡人。「もう覚えていないの！」

「何ですって、覚えていない？」

「それほど大事なものとは思わなかったのよ、そうでしょう？　それに、哀れなギヨームはもうこの世にいないし、子どもも残さなかったから、ガラクタかと。かわいそうに！」

「それで、その櫃《ひつ》ですが、まさか売ってはいませんよね？」と、ひげ男は大声を出した。

「とんでもない！」と、老婦人がむっとして答える。「そんなこと、私たちにできるはずがないわ……」

「じゃあ、今でも館にあるんですね？」

「もちろんよ、他のどこにあるっていうの？」

「この私を脅《おど》すとは、いい覚悟ですな、マダム！　それでは、冷静になって、思い出しましょう。櫃《ひつ》は、屋根裏の倉庫に隠してあるのでは？」

「屋根裏ね、そうだったかも。でも、もう屋根裏はないわ。花壇に作り変えたのよ」

「知ってるよ」と、ひげ男がこっそりつぶやく。昨夜の侵入が目に浮かんだのだ。

「どうして、知ってるの？」と、マダムが耳ざとく追究する。

「それは、その……あなたが手の込んだ工事をなさっているからですよ」と、男がとりつくろう。

「あら！　そんなこと誰からお聞きになったの？」

「外壁の足場を見れば、わかりますよ」

「本当だわ！」

「それで、櫃《ひつ》は別の場所に移したんですね？」

「そうよ、移したの」

「どこに移したんですか？」

「それは、あのね……覚えていませんの！」

「思い出してくださいよ！」と、男は両方のこめかみに冷や汗を流して、マダムにお願いする。「覚えていないはずはない……相続人たちの身にもなってくださいよ！」

老婦人は顔つきをこわばらせて、必死に思い出そうとしている様子だ。

もう一度、彼女はラブソファの空席を振り返る。

「ジョヴァンニ、助けて！　あなたは、いつも、もの覚えがよかったでしょう……」

ひげ男も、おもわず空席のほうを見た。幽霊の声が聞こえるのを、むなしく待っているかのように！

未亡人の表情が、急に暗くなった。

「ジョヴァンニも、覚えていないわ」

「ありえない、そんなはずないだろう！」と、男は頭に血が昇って叫んだ。

すると、老婦人の昔話が始まった。

「もう、ずいぶん昔の話ですわ、ムッシュー。四十年のあいだに、館では大変なことがたくさん起こったのよ。おわかりでしょう。ジョヴァンニは、改築のアイディアをつぎつぎに思いついて、楽しんでいたの。〈イザベル、二番目の屋根裏を鳥小屋にしたら、きっと楽しいぞ。そうだろう？〉とか、〈庭園にプールを造ろうか？〉とか。彼には変わったアイディアがあって、いつも私に説明してくれたわ。ジョヴァンニと知り合う前、私は建築家の秘書だったの。事務だけじゃなくて、仕事の手伝いもしていたので、結婚してから、ジョヴァンニの指示で設計図を描くこともできたのよ。

それで、ペリグーの街から建築家を呼んで、図面通りにつぎつぎと改築したから、館は四十年前とはすっかり変わってしまったわ。一八九〇年頃に建てられた元の館には、彫刻なんかなくて、ちっとも美的じゃなかった。それを、夫が資産家だったので、買い取ったというわけ。ヴェゼール渓谷（フランス南西部ラスコー洞窟付近）のすばらしい眺めが楽しめる丘の上よ。カーヴ（地下のワイン蔵）を改築して、夏を過ごせる部屋も造ったわ。ペリゴールの夏の暑さといったら！

でも、地崩れが起こって、埋めてしまったカーヴもあったし、部屋と部屋のあいだの通路も、いくつも造りなおしたの。窓を開けたり、扉を閉めきって開《あ》かずの間にしたり、部屋ごとの仕切り壁も、どれくらい壊して、また立て直したか、神さまだけがご存知よ。ジョヴァンニは、私に財産をたくさん遺してくれて、残念だけど子どもはできなかったから、ジョヴァンニが楽しみにしていた改築の計画に逆らえなかったのよ、おわかりでしょう？　亡くなった人たちは仕事がないから、お楽しみが欲しくてたまらないのね！」

つけひげの悪党は、あっけにとられて老婦人の話を聞いていたが、ここまで来るとめまいがして、頭がもうろうとしてきた。

「そ、それじゃあ、スペインの櫃《ひつ》は……」と、男はかすれる声でつぶやく。

「そうね、館か庭園のどこかにあることはたしかよ、ムッシュー・デュフィエフ。他にあるはずはないわ。でも、いったいどこに？　開かずの間になって、壁土で固めたカーヴかしら、それとも、どこかの仕切り壁の裏に塗り込めたのかしら？　見つけ出すには、館中の石を全部ひっくり返さなくては！　ああ、神さま！　なぜギヨームは、そんな大事なことを知らせておいてくれなかったの？　なんという災難でしょう！」

第4章　フランスのヴェネツィア

「それで、グラン・シェフ？」と、ノエルがたずねた。「捜査は進んでるの？」

「うーん、まあ、まあ…」と、ドミニックはスパイラルの手帖「我が捜査と推理の日誌」を乱暴に押しやって、くちごもる。「だめだ！　ちっとも進まない！」

パリ一六区の昼下がり、マレシャル・フランシェ・デスペレー大通りの、豪華なサンテーグル邸の一室だ。ドミニック、ノエル、ババ・オ・ラムの三人がルグローのユリイカ探偵社を訪れてから、三日が過ぎていた。僧院の塔があるイル・ド・フランス地方の場所の綴りが「シ」（si か sy か cy）で終わるらしいことをつきとめたドミニックは、観光案内から、候補地のリストを作ったところだった。

「もちろん」と、ドミニック。「語尾の音節がジの音の地名は排除したよ。ヴェリジー、ジュヴィジーとか。それで、イル・ド・フランス地方に「シ（ー）」（si か ci か cy）で終わる地名が全部でいくつあると思う？」

「二十くらいかな？」と、ノエルがあてずっぽうで答える。

ドミニックは、黙って手帖をさしだす。

そこには、次のような地名のリストが書き込まれている。

セーヌ流域：ドランシー、イッシー（レ・ムリノー）、ル・プレシ（ロバンソン）→三カ所。
セーヌ・エ・マルヌ流域：ボワッシー（オー・カイユ）、ボワッシー（ル・シャテル）、ビュッシー（サン・ジョルジュ）、ビュッシー（サン・マルタン）、シェッシー、クレシー、クレザンシー、クロワシー（ボーブール）、シュッシー、エリシー、リュザンシー、ムッシー（ル・ヌッフ）、ムッシー（ル・ヴュー）、カンシー（ヴォワザン）、サアシー、トルシー、トロシー、ユッシー→十八カ所。
セーヌ・エ・オワーズ流域：ボワ（ダルシー）、ボワッシー（ライユリ）、ボワッシー（ラ・リヴィエール）、ボワッシー（サン・レジェ）、ボワッシー（サン・ザヴォワール）、ボワッシー（ル・キュテ）、ボワッシー（サン・タントワーヌ）、ボワッシー（スー・ヨン）、シャンブルシー、ショーシー、クロワッシー（ムーラン・ド）、ジャルシー、ロワシー（ル・セック）、マルクーシ、マラシ、マッシー、メヌシー、モンモランシー、ムッシー、ル・プレシ（モルネー）、ル・プレシ（シュネ）、ポワシー（カリエール・スー）、ポワシー、カンシー（スー・セナール）、ル・ランシー、ロワシー（アン・フランス）、シュシー→計二十七カ所。
エーヌ流域：ブレシー、ブレザンシー、シュシー、コルシー、トルシー→五カ所。
ユール流域：パシー（サン・タカン・ド）、パシー→二カ所。
オワーズ流域：ル・プレシー、アシー→二カ所。

ドミニックは、うんざりして計算した。

「総計：3＋18＋27＋5＋2＋2＝57！」

そのほかにも、村や集落や通称名などの場所があるのだ。

「それじゃあ、ルグローに期待しようか……」と、ノエル。

「ルグローには、今朝電話してみたよ」と、ドミニック。「僧院めぐりから帰ったところだった」

「結果は？」

「ゼロさ」

「じゃあ、もう、あきらめるしかないかな」と、ノエル。

「あきらめるなんて！　問題外！」と、グラン・シェフが真っ赤な顔で抗議する。

「それで、どうするの？　計画はあるの？」

「まだないけど、機械《マシーン》があるんだ」

「機械？」

「計画を作る機械さ！」

ドミニックは、もったいぶって、人さし指で額にさわる。前頭葉のあたりだ。

「マシーンは、ぼくの脳だよ！　ルグローが正しいとは思えないし、ぼくたちも勘ちがいしていたかもしれない。たとえば……」

「何が？」

「この事件に、僧院は関係ないとしたら？」

「つまり、僧院（ラベイ：l'Abbaye）じゃなくて神父館（ラベ：l'Abbé）の塔だってこと？」

「ちがうんだ。僧院でも神父館でもなかったら？」

「ありえないよ！　録音の記録があるし……」

「まさに、その記録だよ！　記録の解釈が頭にはりついてるから、堂々めぐりだったんだ。ぼくたちは、全員、自分で自分の罠《わな》にかかったのさ。両目に眼帯《アイマスク》を付けてたみたいに。だから、眼帯をはずそう。ぼくたちを迷わせた言葉を忘れるんだ」と、ドミニックが説明する。

「理解不能！」と、ノエル。

「でも、単純なことさ。僧院（ラベイ）や神父館（ラベ）の塔じゃなくて、そうだね、たとえば、入り江（ラ・ベー：la Baie）の塔だったたら？」

「入り江《ラベー》の塔か！」と、ノエルが感心する。「全然思いつかなかった。でも、イル・ド・フランスに入り江は……」

「もちろん、ないよ。ぼくの推理の筋道を説明しただけさ。つまり、今まで出てきた言葉を全部見なおして、再出発する必要があるんだ。レコードの記録の音節を全部、もう一度チェックして、別の単語の組合せができる可能性を探すんだよ。まあ、見ろよ……」

ドミニックは手帖を開いて、半分に割れたレコードから聞き取った文章の断片を書き写したページを見せた。

両手で口を隠して、なにやらつぶやく。

「Estamanglenordestourdelabésilaveni……シリメツレツだよね！　でも、最後のチャンスなんだ……Silaveniabrirretrouvélad……」（第I部第5章参照）

ドミニックは、思い込みの罠《わな》にかかって読み取った語群を「骨抜き」にして、そこから、句読点や綴り字記号だけでなく、あらゆる「意味」を取り除き、こうして現れた新しい語群から、もともとそこにあったのに誰も気づかなかった「予想外の単語」が突然見えてくる可能性に期待しているのだ。

「開け胡麻《ゴマ》！」という、あの輝くパスワードが事件の解決に貢献するだろう。

とはいえ、たいして希望はもてない。絶望的な希望みたいなものだ！

こんなやりとりの最中に、執事兼料理長《メートル・ドテル》のバルナベがノエルに声をかけ、ムッシュー・サンテーグルがノエルぼっちゃまと話されたいと伝えに来た。ノエルは、いったん部屋を離れる。

その直後に、ババ・オ・ラムがいたらびっくりするようなことが起こった。それまで、あの不可解な語群（Estamanglenordestourdelabésilaveniabriretrouvélad……）をお経のように、歌うように朗読していたドミニックが、突然黙りこんだのだ。深いため息をついて、頭を左右にゆすっている。もうお手上げだ！

「全然わからない！　何も見つからなかった。絶対見つからない！」

あのグラン・シェフ、無敵のグラン・シェフが、ついに敗北を認めたのだ！

ちょうど、ノエルがもどってきたところだった。うれしそうだが、困っている様子だ。

「パパが、つまりムッシュー・サンテーグルが、探偵ごっこはもうやめなさいって。ぼくたちくらいの子どもには危険すぎるからっていうのさ。そのかわり、バカンスにイタリアに連れて行ってくれるんだ。まず、ローマ。それからナポリかな」

「よかったね」と、ドミニック。「イタリアって、すてきそうだし、絵葉書よりずっときれいだ！　でも、せっかく行くなら、きみのパパにヴェネツィアをすすめたら？　ヴェネツィアより美しいところはないよ！　小さな橋や運河、それに鳩が無数に集まってくるサンマルコ広場、想い出すなあ。自動車も辻馬車も、自転車だって、一台も通らない――せまい橋が多すぎるのさ。だいたい車道がないんだ。一本も！　想像できないくらい不思議な街だよ。ヴェネツィアでは、億万長者も、王様だって自分で歩かなくちゃならない、ホームレスみたいに！　もちろん、ゴンドラがあるけど、どこへでも行けるわけじゃないし」

「じゃあ、死んだらどうするの？」と、ノエル。

「ゴンドラだよ、オッサン！　墓地だけの島（サン・ミケーレ島）もあるんだ」

「いつ、イタリアに行ったの？」

「ぼくのこと？　一度も行ってないよ」

「でも、〈想い出す〉って言っただろう？」

「一年前に、ヴェネツィアの映画を見たんだ。ドキュメンタリーで、何でも説明してくれる解説つきさ。行ってきた気分になれたよ」

「ババ・オ・ラムも入れて、ぼくたち三人一緒に行けるよう、パパに頼んでみようか」と、ノエルが提案する。「ババ・オ・ラムは、きみの親のレストランで働いてるから、休めないなら、二人だけでも」

「よけいなことするなよ、ノエル！」と、ドミニックが低い声で言う。

「どうして？　パパはすごくやさしいから、必ず賛成するよ。ナポリもきれいだってね。ヴェスヴィオ火山もあるし」

「よけいなことするなよ！」と、ドミニックは訴えるような調子で、くりかえした。

「いったい、どうしたの？」

　その時、グラン・シェフの様子が一変した。

　ドミニックは、錯乱状態のように視線を固定したまま、ぶつぶつつぶやく――シ・ラヴニ・ア・ブリ…シ・ラ・ヴ・ニ - ア・ブリ…（Si la veni a bri…si la ve ni - a bri…）。

「見つけたぞ！」、突然こう叫ぶと、立ち上がって、スカルプ・ダンス（北米先住民の戦勝儀礼）を踊り始めた。

「そうか、鍵はヴェネツィアだ（フランス語ではヴニーズ：Venise）！　ユリイカ！」（アルキメデスの難問を解くひらめきに由来する表現）これからは、ユリイカ探偵社の代表はルグローじゃなくて、このぼくだ！　はっはっは！　塔の在《あ》り処《か》がわかったぞ！　それに、僧院も！　さっき、僧院じゃないかもしれないって言ったけど、勘ちがいだった。塔のある僧院が、ひとつあるんだ」

「何を言ってるんだい？　どっちにしても、そんな僧院の塔は、ヴェネツィアにはないよ！」

「ところがあるんだ、オッサン！　ヴェネツィアといっても、イタリアじゃなくて、フランスだよ。イル・ド・フランスに」

熱にうなされるように、ドミニックはボールペンのキャップを外すと、推理手帖にいくつかの単語を書きなぐった。

「これでぴったり合う。その場所の地名は〈シー cy〉で終わるし。謎の答えは意外なくらい、キャベツみたいに（慣用句）かんたんさ。あの〈ニームのマーニュの塔〉（第Ⅱ部第1章参照）くらい超ばからしくて、コロンブスの卵くらい単純なんだ。気づきさえすればいいんだよ。ほら、前に言っただろう。ルグローとファイユームを出し抜くぞって！」

「いったい、何の話？　イル・ド・フランスのヴェネツィアなんて……」

ドミニックが手帖を渡すと、ノエルが朗読した。

……J'ai　caché mon t

estament　　　dans l'an-
gle nord-est　　　de la t
our de l'abbaye　　　de Cré
cy la Veni　　　se de l
a Brie
（左側と右側の一部の語列を二行目から語間を空けずに書き取れば、ほぼ前出の不可解な文字列になる：estam/angle/nord/est/our……）

私ハ　隠シタ 私ノ遺言書ヲ
クレシーノ　僧院ノ 北東ノ角ニ
ラ・ブリノ　ヴニーズ（ヴェネツィア）ノ

「ブリ地方（イル・ド・フランス東部でセーヌ河とマルヌ河の間の地方、チーズで有名）のクレシーが、フランスのヴェネツィアなんだ！……」

第5章　床板の下

それから一分後、サンテーグル氏はドミニックの話を聞いた。

「突然、思い出したんです」と、ドミニックが説明する。「ぼくが去年見たヴェネツィアめぐりの映画で、三つのヴェネツィアがあるって、言ってました。本当の、もちろんイタリアのヴェネツィア、ベルギーの、ブリュージュ……」

「北のヴェネツィアと呼ばれるね」と、サンテーグル氏が口をはさむ。

「そのとおりです、ムッシュー。運河があるんで。そして、三番目が、パリから五十キロ離れたクレシーです。ブリ地方のヴェネツィアと呼ばれるのは、支流が無数にあるグラン・モラン河に面しているからですよね。手漕ぎボートのツァーもあります、クレシーには！」

ドミニックは、持ってきたガイドブックを開いて読み始める――「二重の城壁の間には美しい遊歩道が数本あり、多くの城跡や塔があって、中世の戦乱から街を守った九十九の塔のうち、十二ほどが保存されている。」

「九十九の塔か！　遺言書を隠すには絶好の場所だな！」と、サンテーグル氏は冗談をいうと、さっそくルグローに電話をかける。

「クレシー、ですな」と、探偵。「以前、観光案内所に電話したんですが、僧院も、僧院の塔も存在しないとのことでした。近くのシャペル・シュル・クレシーにも行ってきました。一二〇二年に神学校として建てられたサント＝マリー礼拝堂と、十三世紀のノートル・ダム・ラ・シャペル教会があるんです。でも、塔はありません。クレシーから二十五キロ離れたラ・マルヌーの集落にも行きましたよ。十二世紀の僧院がありますが、そこにも塔は一本もありません。そうはいっても、我が同僚のドミニック君には、一目置いていますよ。彼の発見は興味深いという以上に、衝撃的ですな。さらに詳しい捜査をする価値はあるでしょう。」

サンテーグル氏はフェスタラン師にも電話したが、公証人もルグローと同意見だった

「至急、相続人たちを招集して、クレシーにむかいましょう。」

「ブリのクレシー…ブリのクレシー…ブリのクレシー…」

それから二時間たらずで、この地名が相続人たちの耳から離れないうちに、全員が公証人の事務所に集まった。

そのあとから、ルイ・ガブリエル・ベナールと彼の妻も登場した。遺言書探しの思いがけない展開に、彼らの好奇心が刺激されたのだ。ベナールは、午前中、コート・ダジュールのヴィルフランシュ＝シュル＝メールにいたのに、急遽《きゅうきょ》舞い戻ったところだった。

「あんたのボートは、嵐で傷めつけられなかったかな？」と、デュクリュゾーが、皮肉たっぷりにたずねる。

「まあまあ、ですな」と、ベナール。

「海に出《い》でずば、避けられたものを！」と、船は大の苦手の老役者が、からかう。

ドミニックは皆の称賛の的だったから、一緒に駆けつけた両親も誇らしそうだ。父のムッシュー・デュラックも、ムッシュー・ド・サンテーグルと同じで、息子の探偵ごっこには批判的だったのだが、息子がこれほどほめられれば、うれしくないはずがない。ドミニックのパパは、息子を支援するために、レストランを年に一度の改装工事で三日間休業にして、クレシーへの探検に参加したのだ。
デュクリュゾーが、ドミニックの腕を取ってポンプのレバーのように揺すり、コルネイユを少し言い換えて、おごそかにつけ加えた。

いかにもお前は若い
だが、誉の高い家柄に生まれた者の勇気は、年月とは関係ない。
お前のような男は、わざわざ人に腕を見せるには及ばない
小手試しの太刀筋が、そのまま達人の剣さばきになるのだ

演技が終わると、真っ黒で細長いイタリアの葉巻に麦わらを通して火をつけ、煙を吹き出した。ひどい悪臭が室内にひろがったが、おかまいなしだ。
「『ル・シッド』第二幕第二場でございます」（ドン・ロドリーグのせりふ。コルネイユ原文の「おれ」を「おまえ」に変えてある）
「それでは皆さん、出発で〜す……ヴェネツィアへ！」と、日頃は大まじめなフェスタラン師が、すっかりはしゃいで告げた。

グループは四台の車に分乗した。ネイビーブルーの上等の帽子をかぶった運転手付きのキャデラックに、サンテーグル氏はミセス・グレイフィールドと公証人先生を乗せ、ルグローは、自分のプジョー２０３でデュクリュゾーとジュシオームを運び、ベナール夫妻はメルセデス・ベンツ３００Ｓ・Ｌを転がして、ドミニックとノエルとババ・オ・ラムをうらやましがらせたが、三少年はデュラック夫妻のつつましいシトロエン・フルゴネットに詰めこまれた。この車は毎朝「市場通い」に使われて、パリの中央市場《レ・アル》から、羊や鶏の肉や野菜、それに絶対欠かせないセモリナ小麦（パスタやクスクス用に粗挽きしてふすまを除去した小麦粉）を運んでいるが、時には料理の出前にも使われる。フルゴネットの車体には——

エドモン・デュラック
北アフリカ料理専門店
名物料理：クスクス・メシュイ・シシケバブ

反対側には——

エドモン・デュラック
ガゼルの足首！（三日月型の焼き菓子）
パシャのターバン！（当店名物の細長いケーキ。パシャはイスラム圏の太守）
オリエントのデザート各種

この車がいちばん遅かったので、車列はスピードを落として、フルゴネットのあとに続いた。車の荷室の窓から、三人組はベンツを見つめ続ける。ベナールがその気になれば、他の車を、キャデラックさえ、文字どおり置き去りにして、飛び立つだろう。速度計によれば、時速三百キロまで出せるのだ！

一時間たらずで、一行はブリのクレシーに到着した。

観光案内所の対応はとても親切だったが、ルグローの手紙への回答を確認しただけで、それ以外のことはわからなかった。つまり、クレシーには、僧院（ラベイ）も、僧院の塔も、神父館（ラベ）の塔も、もちろん、入り江（ラ・ベー）の塔もなかったのだ。

がっかりした一行は、気を取りなおして、歴史の香りが漂う曲がりくねった魅力的な街路の探検を開始した。クレシーは、モラン河の（昔は腕章と呼ばれた）両腕のような流れにやさしくはさまれ、建物の壁が水辺に張り出した景色は、絵のように美しい。ひさしの付いた小さな階段から、小舟にも乗れる。

だが、そんな魅惑的な情景も、探検隊には、ほとんど目に入らなかった。

一行はクレシーで生まれ育った住民、とりわけ年配の人たちに聴き取り調査をおこなった。塔はなくても、遠くからは塔に見えそうな、五十年くらい前に「僧院（ラベイ）または神父館（ラベ）の塔と呼ばれていた建物はありませんか？」と、たずねまわったのだ。昔からのそんな言い伝えが今でも残っていればの話だが。

結果は、残念ながら、ゼロだった。

「でも、ここしかないはずなんだ！」と、ドミニックが嘆く。

その時、絶望のどん底で、謎が突然解けてきた。

今度も、絶望のいらだちにめげず聴き取りを続けたドミニックのお手柄だ。

窓辺で編み物をしていた九十代くらいの老婦人が、あれほど探し回った答えの手がかりを教えてくれたのである。とてもやさしいおばあさんは、ひどく耳が遠くて質問がよく聞こえなかったのだが、そのことが謎解きにつながったというわけだ。

「僧院《ラベイ》の塔を知ってるか、ですって？　あれはたしか、チビちゃん。そうそう、ほら、むこうの林のあいだに見えるわ。ちょうどあなたの前のほう……あれが塔なのよ」

グラン・シェフの心臓が突然不規則に鼓動し始め、のどがつまる感じがして、つばさえのみこめない。

やさしいおばあさんは、意味ありげに笑った。

「このへんの恋人たちは、みんな知ってたわ。あそこで、デートしたのよ」

それを聞いて、グラン・シェフはギヨーム・アヴリルのことを思い浮かべた。一九一二年頃、あのラベイの塔で、彼は十七歳のシモーヌとロマンチックなランデブーを重ねたのだ。シモーヌとは婚約までしたが、彼女にはギヨームへの信頼と忍耐心が足りなかったのだろう……

「私も、若い頃はね」と、昔を想い出してすっかり楽しくなってきた老婦人は、言葉を続ける。「よくフィアンセと行ったの。他の恋人たちと同じで、矢の刺さったハートのまわりに二人の名前を刻んだわ、ユゼーブとジュリエットよ。なんて若かったんでしょう！　私は十八だった……十八歳だったなんて、想像できるかしら？　自分でも信じられないくらいよ！」（ユゼーブ Eusèbe はギリシアのキリスト教父エウセビオスに由来し「信心深さ」を表す名前）

「なぜラベイの塔って呼ばれるか知ってるかしら？（ドミニックは「ラベイ」の発音が奇妙なのに気づいた）もちろん、ラベイと関係があるのよ！　あなたも見に行くといいわ。ラベイは塔の入口の扉の上にあるの」（「入口の扉のうえの僧院《ラベイ》！　おばあさんは、自分の言葉の意味がわかってるのかな？」と、ドミニックは不安になる）「このアベイは、皇帝ナポレオン一世の記念なのよ。一八一〇年頃、軍勢がクレシーを通った時に、皇帝は一度だけ、あの塔に登ったことがあったの。ずっとあとになって、皇帝の軍隊でたくさん闘って、ナポレオンを尊敬している兵隊さんが、そう、たしか予備役《ドゥミ・ソルド》っていったわ、その人がラベイを扉の上に付けたのよ（「ドゥミ・ソルド」はワーテルロー敗戦後予備役となった元ナポレオン軍士官）。だって、ナポレオンはラベイが大好きだったから、いろんなところにラベイが残ってるわ。知ってたかしら？」

「おばあさんの戯言《たわごと》だ！」と、グラン・シェフは思わず独りごとを言った。「ナポレオンが、〈いろんなところに付ける〉ほど僧院《ラベイ》が好きだったなんてでたらめを、いったい、どこで仕入れたんだろう？」

ところが、思いちがいはグラン・シェフのほうだった。おばあさんは、わけのわからない戯言《たわごと》を繰り返していたわけではなかったのである。

塔は、クレシーからちょうど一キロのところにあった。モラン河の岸辺だ。

現場を百メートルほど進むと、気持ちのよさそうな割烹旅館《オーベルジュ》があった。画家や釣り人がよく訪れる宿だ。塔の下で車から降りると、ドミニックと捜索隊の一行は思わず驚きの叫び声をあげた。

それは、たしかに、僧院（ラベイ）の塔でも、神父館（ラベ）の塔でも、入り江（ラ・ベー）の塔でもなかった！

入口の扉の上の方には、予備役軍人《ドゥミ・ソルド》が制作した巨大な蜜蜂（アベイユ）が、石の壁に彫られている。たしかに、百合の花がフランス王家の紋章であるように、ナポレオン一世は蜜蜂（ラベイユ：l'abeille）をシンボルに選んで、礼服の外套に無数の蜜蜂を縫い付けさせた。「いろんなところにラベイが残ってるわ」と、正直者のおばあさんが言った時、僧院（ラベイ）の奇妙な発音のように聞こえたのは、彼女が蜜蜂（ラベイユ）と言っていたからだった！

僧院の塔は、じつは、蜜蜂の塔（LA TOUR DE L'ABEILLE）だったのだ！

塔の二階に登ると、床板がすっかり崩れ落ちていて、一行をたじろがせた。もし遺言書が隠されているとしても、とても見つけられそうにない。

三階の部屋の扉の上の二つの黒い点は、巨大な蜘蛛《クモ》だった。蝙蝠《コウモリ》も三匹、天井からぶらさがっている。梁《はり》に釘づけされたようだ。一羽の梟《フクロウ》が、内壁のくぼみにとまって、石みたいに動かない。底面が正方形の、このずっしりとした塔が十一世紀に建てられた時から、ずっと、とまっている感じだ。足音に気づいて、蜘蛛たちは急いで隠《かく》れ処《が》に逃げ込み、蝙蝠たちと梟は、蔦《ツタ》で半分覆われた高くてせまい窓から飛び去った。

内壁には、無数のカップルのファーストネームと日付けが、石ころで刻まれ、木炭でなぞられている。ドミニックの視線は「ジュリエット＝ユゼーブ」を探したが、見つからない。恋人たちのサイン以外にも落書きがあり、「シャニュの娘はカツラ頭！」、「肉屋のマルスランの豚は病気だ！」など、ハレンチな落書きも多い。スピリチュアル系もあった――「これを読んだ者は沈黙せよ！」

寄木の床には、ざらざらした床板が敷かれて、頭の平らな鍛冶屋の大釘で床梁《ゆかはり》に打ちつけてあった。

曲がったり、盛り上がったりしているところもある。虫に喰われた部分は、虫が板を蝕《むしば》んでできたごく細かい黄色い粉で覆われ、他の部分はすでに崩れ落ちたり、崩れ落ちそうだった。転落して腕や脚を折りたくなければ、壁沿いを慎重に進まなくてはならない。

ルグローが案内する。

「こちらが北で、あちらが南。東北の角は、むこう側です。あそこに遺言書があればの話ですが！」

「そりゃあ、もちろん、あそこにありますぜ。万事順調！」と、デュクリュゾーが言い返す。「あまり悲観しなさんなって。まず探さなくては。探偵さんはちびっ子に先を越されて、焦ってますな。あの子の推理が外れたほうが好都合かな？」

気まぐれで意地悪な、かたよった発言だったかもしれない。

ルグローの額には、冷や汗が光っている――「レコードの声は、床板の下に……だ」

「少年探偵君！　きみの勝ちだ！」と、ルグローがグラン・シェフに声をかける。

「きみの言うとおりになりそうだ。自分で探してごらん、仕掛けのある床板を」

窓際には葉が茂って、かすかな光しか入ってこなかったから、ルグローが懐中電灯を点ける。

「きみの方を照らそう」

ドミニックは、かがみこんで手探りした。次は、膝をついて手探りだ。

初めは、何も見つからなかったが、突然叫んだ――「何かありそうだぞ！」

ポケットからナイフを取り出して、内壁と床のすきまから、刃の先端を二〇センチくらい奥まで差しこんだ。

グループの面々は、息をひそめて、ドミニックの方に身をかがめ、彼のささいな動きからも目を離さない。

少年探偵は、力を込めてナイフを持ち上げる。

「動きだしたみたいだ」

今度は、床板の別の側のすきまに刃の先を差し込んで、また持ち上げる。

「やったぞ！」と、ドミニックは、興奮でのどがつまったような声で叫んだ。

床板の端が動いて、長方形のくぼみが見えてきた。

「ほんとう？」と、皆がいっせいに叫ぶ。

「ほんとうだ！　やったぞ！」と、ルグロー。

長方形のくぼみには、大きな封筒が置いてある。表にも裏にも、何も書かれていない。

「遺言書、ですかな？」と、フェスタランがつぶやく。

ところが、大波のあとには別の大波が押し寄せるものだ。相続人たちが浸った歓喜の満ち潮は、数秒で、失望の引き潮に一掃された。

封筒に、遺言書は入っていなかったのだ！

だが、何も入っていないわけではなかった。空っぽだったら、最悪だ。

封筒には、割れたレコードの半分が入っていたのである。ベナール邸で、あれほど探して見つからなかった、あの半分だ。その上には、一枚の紙切れが折りたたんで置かれ、ひろげると、こんな皮肉な数行が書かれていた。

ノエル・ギヨーム・アヴリルの相続人各位。諸君の大伯父によって録音されたレコードを、諸君が完全な状態で入手し、家系の記念品として保存されることを願う！

皮肉の絶頂が続く。

当代の最も偉大な探偵ジュリアン・ルグローへ。レコードに録音された遺言の全文は、容易に発見されるものではないと心得よ！

そのあとに、次のテクストが続く。

一九一三年二月二日夜…十一時
私、ノエル・・・ジャン・ギヨーム
アヴリル、八九年五月十七日生マレ
ハ隠シタ　私ノ遺言書ヲ…北東ノ
角…クレシーニ近イ…ブリノ
ヴェネツィアノラベイ…ノ塔ニ
ソコデ私ハ若キ日ニワガ婚約者
愛スルシモーヌ・クレッラック
ト密会シテイタノダ
天ガ彼女ニ…私ガ与エラレナカッタ

相続人たちは、あっけにとられて、麻痺したように立ちつくしていた。誰の顔にも絶望が表われていたが、おたがいに顔を見合わせることもない。

そうだ、誰かに先を越されたのだ。こうなっては、もう永久に、永久にあの伝説の遺言書は手に入らないだろう。皆の切ない希望が砕け散った！

とはいえ、彼らは、あの遺産を横取りした誰かを恨んでいるわけではなかった。

そうではない。夢が消えたことが悔しいのだ。

デュクリュゾーは、彼が演じた悲劇のあらゆる登場人物、豪華な衣装をまとったあの伝説の英雄たちが輝きながら、亡霊のように姿を消して、あとかたもなくなるのを見ていた。彼自身が舞台で、あれほど演じたかった主人公たちだ――ル・シッド、ハムレット、レグロン（ロスタンの同名の戯曲の主人公で早世したナポレオン二世のこと）、シラノ・ド・ベルジュラック……

ジュシオームが夢見たモダンな錠前工房は、けっして実現しないだろう。

ミセス・グレイフィールドは、ほとんどすすり泣きに近い声で繰り返した――「私のかわいそうな子どもたち……あわれな子どもたち……」

彼女は、ロンドン郊外の貧しい子どもたちのことを思っていた。太陽の光を浴びるバカンスに連れて行きたいと、あれほど期待していたのに。

「悪党め、許さんぞ！」と、ルグローが、ぎょろ目を情けなそうにつりあげて、うなった。「あの悪党め！　ファイユームにちがいない！」

第6章　二人の怪盗

たしかに、蜜蜂の塔に先に着いたのはファイユームだった。

ルグローたちより三日前の夜である。

だが、その次の夜に、トロンプ・ルナールの館に侵入したつけひげに黒眼鏡の怪人、すでに見てきたとおり、マダム・イザベル・アンジェリーノを震えあがらせたあの男は、ファ、イ、ユ、ー、ムではなかったのだ！

いったい、何が起こったのだろうか？

三日前の夜の十時頃、メヘメット・オマール・ファイユームの怪しいシルエットが、塔の下に現われた。蜜蜂の紋章が上部に刻まれた古い扉の前だ。中に入ると、懐中電灯を照らして三階の部屋に登って、ドミニックたちより先に、廃墟の間借り人を驚かせた。蜘蛛や蝙蝠や梟たちである。

北東の角で、床板をたたいて浮いた板を持ち上げ、そこに隠された黄ばんだ封筒を取り出すと、この男も、小声で「あったぞ！」と叫ばずにはいられなかった。封筒には「コレハ我ガ遺言書デアル。ノエル・ジャン・ギヨーム・アヴリル」と書かれていたのだから。

ファイユームは、窓を背にして立ち、残酷な笑みを浮かべながら、ポケットから別の、もっと大きい封筒をひっぱりだして、元の隠し場所に置いた。

この封筒は、あらかじめ用意してあったもので、レコードの残りの半分と、あの皮肉な言葉を記した紙切れが入っていた。カイロの男は、レコードに録音された文章の全文を、ルグローと相続人たちにわざわざ提供するという無礼なぜいたくを、リスクを冒さずに実現できたのである。もちろん、ルグローたちの捜査で、この場所がつきとめられた場合の話だが！　というのも、この文章を読んでも、遺言書の隠し場所までしかたどりつけず、遺産の在《あ》り処《か》を指示した遺言書自体は、ファイユームが持ち去ってしまったのだ。床板をもとどおりに直して、彼は部屋の中央にもどり、熱に浮かされたように、黄ばんだ封筒の封を切った。中には、遺言書のほかに、イポリット・フェスタラン師の父親宛のギヨーム・アヴリルの手紙が入っている。

「完璧《パルフェ》だ！　完璧《パルフェ》だ！」と、手紙を読みながら、ファイユームは有頂天で繰り返した。

だが、興奮が冷めやらぬうちに、突然、恐怖を察して跳びあがった。

「お会いできて幸いですな、ムッシュー・ファイユーム！」と、最初は、からかうような声が聞こえて、急に獰猛な声に変わった――「手を上げろ！　早くしろ！　これは冗談じゃないぞ！」

塔の銃眼（射撃用のせまいすき間）を背にして、くちひげとあごひげの濃い、黒眼鏡の男が立っている。窓辺に生い茂ったキヅタの葉にもたれているので、肘掛け椅子でくつろいでいる感じだ！　大口径の連発拳銃《レボルバー》の銃口を、ファイユームに向けている。

カイロの男は、身震いしながら逃げ出そうと必死で、扉の方にこっそり視線を送る。

「ちょっとでも動いたら、撃つぞ！」と叫ぶと、新参の怪人は、軽業師のような身のこなしで部屋の真ん中に躍り出て、ファイユームの指から、手紙と遺言書を抜き取った。

「悪銭身につかず！　没収だ！」

そういうと、真っ青な顔でふるえているファイユームの服を点検する。

「きみのポケットに手を入れても、悪く思うなよ。おや、レボルバー一丁、没収！　折りたたみナイフ一本、没収！　こんなおもちゃを持ってると、誰かを傷つけたくなるだろうが、きみも怪我をするぞ！　不法所持で送検されるような武器は、ほかにないよな？　それじゃあ、両手を下していいぞ、ムッシュー・オマール・ファイユーム、それともカイロの男のほうがいいかな！

「あんたは何者だ？」

「たしかに、親切な友人ではなさそうだな」

「どうして、ここがわかったんだ？」

「やれやれ、パリからどうやって来たか、きみに打ち明けても困ることはなさそうだ。きみは、ミセス・グレイフィールドのハンドバッグを盗んだ。あの時から、きみが獲物を探してくれる役に立つ猟犬だと、わかったのさ。それからは、もう、きみは紐《ひも》つきだ。今晩、パリのガール・ド・レスト（東駅）から、きみが列車に乗った時、「もう一息だ！」と思ったのさ。私は鉄道が苦手だから、車で飛ばしてきたよ。何百万も手に入るなら、お安い苦労だ！」

「モンターニュ・サント・ジュヌヴィエーヴ通りのおれの部屋に入りこんだのも、あんただな？」

「やっと気づいたのか？　おめでたいな！　そうさ、私だ。きみだって、パリの豪邸に侵入しても、気がとがめたりしないだろう？　たとえば、ベナールのアパルトマンとか！　ところで、すこし説明してくれないかな。どこで、割れたレコードの残りの半分を見つけたんだ？　もうどうでもいいんだが、好奇心必ずしも欠点ならず、さ。

「ベナールのところだ」

「そりゃあ面白い！　もっと詳しく話せ」

「やつの父親のコレクションさ」

「わからんな！　もう調べたはずだが」

ファイユームは少し落ち着きをとりもどして、自慢そうに、にやっと笑った。

「残りの半分を探していた連中は、じつはもう、そいつを手に入れていたんだ。そこにあって、さわっていたのに、気がつかなかっただけさ！」

「帽子用の、丸い紙の箱の中だろう？」

「ちがうよ！」と、ファイユーム。

「ますますわからなくなったぞ！」

「じつは、三十枚くらいのレコードが、ラベル付きで元のジャケットに入っていて、ジャケットの真ん中の丸い穴から、歌のタイトルと歌手の名前が読めるんだ。マイヨールとかドラネムとか……もちろん、シャンソンのレコードを探してるわけじゃないから、誰もそんなことを詮索《せんさく》したりしない。それが大失敗のもとさ！　ギヨーム・アヴリルのレコードの、残りの半分は、イヴェット・ギルベール（ベルエポックの大歌手で、ロートレックのポスターに描かれた）のレコードが入ってるジャケットに、すべりこんでいたんだ。

「ブラボー！　だが、どうやって、そのレコードがベナールの家にあるとわかったんだい？」

「フェスタラン先生だよ！」

「なんだって？」

「いつだったか、あいつが事務所の近くのカフェで、相続人たちに話したのが聞こえたのさ。ベナールがパリにもどって、ギヨーム・アヴリルが録音したレコードの入ってるコレクションを見せてくれるって」

「そのカフェで、盗み聞きしたんだな！」

「好奇心旺盛でね。でも、慎ましいもんだ。いつも控え目だったからね！　だが、もう、そうはいかないぞ……」

「痛っ！」と、ひげ男の男が悲鳴を上げた。

ファイユームが、男の手首に強烈な空手チョップをお見舞いしたのだ。ファイユームのおしゃべりを聞きながら、男はうとうとし始めたところだったから、レボルバーが指先から落ちた。ファイユームは、すかさず男のみぞおちを全力で殴りつける。

ところが、相手がどんな早わざでパンチをかわしたのか理解できないうちに、彼の握り拳は目標にとどかなかった。その瞬間、ファイユームの腕はひげ男にねじられ、カイロの男はうめき声をあげて片膝をついた。

「腕を折られたくなければ、バタバタするな！」と、男は親切めかして、ファイユームに告げる。「カラテができても、柔道じゃ勝てないこともあるぞ。わかったか！」（彼は力をゆるめる）「さあ、立て！」

ファイユームは悔しそうに立ち上がった。

同時に、彼は目にもとまらない右ストレートを首に受けた。あまりのショックに、何百万本もの蠟燭が、遺産の代わりにきらめくのが見えたほどだ。パンチの勢いが強すぎて、頭を下げたままのこっけいな恰好で走り出し、壁を突き破りそうだ。窓ガラスに当たって落ちるマルハナバチのように、そのまま石の壁にぶつかって倒れ、動かなくなった。

活劇の最中に、ファイユームは自分が落とした懐中電灯を強く蹴とばしたので、部屋の別の隅が明るく照らされていた。ひげ男も、持参した大型の懐中電灯を点けて、拳銃をひろってポケットに入れると、相手から奪った遺言書と手紙を確認する。

「トロンプ・ルナール！」と、男はつぶやく。「狐狩りの角笛か。きれいな名前だ！　ドルドーニュは、見ごたえがあるぜ！」

そして、二つの書類をていねいに財布に入れた。

ファイユームは、あいかわらず動かない。

ひげ男は、身をかがめて相手を揺さぶり、顔を近づけて様子を確かめる。

「なんだ、どうした。まさか……」

男は、急に不安になった。

「あいつめ、くたばったな！　おれのストレートが、思ったより強すぎたのか？　いや、壁にぶつかったショックだ。まちがいない」

額の皺が、ますます深くなった。予期せぬ結果に驚いて、男はうろたえる。

「まて、まて、パニックはだめだぞ！」

無意識的に、男は財布から、また遺言書を取り出し、思案顔で読み直してからファイユームを見つめ、もう一度、遺言書とファイユームを見くらべる。

突然、男の表情が変わった。何かを決断したのだ。数秒で、彼はファイユームのポケットをからにして、財布、ハンカチ、鍵、ナイフ、櫛《くし》、小銭を取り出してから、腕時計もはずした。「これで全部かな？　いや、シャツの袖のボタンとジャケットの背に付いた仕立て屋のラベルも取っておこう」

たしかに、これで全部だった。目の前に横たわる男の身元がわかるものは、もう何もなかった。

「やれやれ、とんだ災難だった！」と、ひげ男は、弱気になってつぶやくと、ファイユームの体を肩に担いで、重そうに階段を降り始めた。

塔の下に着く前に、女性の影が不意に現れた。男の妻だった。

夫の肩の重荷をひと目見て、彼女は思わず叫び声を上げそうになったが、必死でこらえた。

「死んでるんじゃない？」と、ささやく。

ひげ男は黙って数分歩き続け、グラン・モラン河の畔の葦の茂みに、ファイユームをそっと下した。そのあたりは、茂みがひときわ濃いのだ。

「あわれなやつ！……運が悪かったんだ」

遠くの方では、夜空の下で水面がきらめき、いくつもの塔の影がくっきり見えて、荘厳な石の輪舞《ロンド》がたけなわだ。

「さあ、おいで！」と、男が妻に言う。「これからパリにもどって、すぐにドルドーニュへ、車で出発だ」

「ドルドーニュですって？」と、妻が驚いて聞き直す。

「あそこの城で、何百万もの大金が待ってるんだ。トロンプ・ルナールの館で」

怪盗夫婦は、たちまち林の中に消えた。

ところが、彼らが立ち去って十分ほどすると、なんと、ファイユームが目を開けたのである！

ひげ男は、彼が死んだと思い込んだが、じつは、気を失っただけで、夜の冷気と地面の湿気が生き返らせてくれたのだ。

ファイユームは額を手で押さえた。頭がひどく痛かったのだが、しばらくすると少し気分が良くなった。苦しそうに立ち上がると、野原をまっすぐ横切って歩き出した。初めはよろよろしていたが、すぐにしっかりしてくる。

彼は、蜜蜂（アベイユ）の塔に背を向けていた。

第7章　夜の鳥

「悪党め！　ファイユームの悪党め！」と、ルグローが吠えて旅館の方に走り出し、相続人たちも、あとに続いた。

旅館に着くと、さっそく、パリの宿泊先のホテルに電話したが、ファイユームは四日前から消息不明とのことだった。着替えの背広や衣類や旅行鞄は、部屋に残されたままだ。ホテルの支配人は驚いて、少し不安になった。一週間分の部屋代が未払いなのだ。

「四日前か」と、探偵が苦々しく繰り返した。やつはもう大金を手に入れたぞ！」

「それは確かじゃない！」と、ドミニック。

「なぜ、確かじゃないんだ？」

「あいつは、遺産の在り処《ありか》を知ってるよ。でも、たぶん、すぐに取りに行くほど単純なやつじゃないと思うんだ」

ルグローは、肩をすくめる。

「ぼくが言いたいのは」と、ドミニックが言い張る。「ぼくは損得で判断してるんじゃないってことさ。ぼくは相続人じゃないから、遺産なんかどうでもいいんだ！　でも……」

彼はまだ、最後の言葉を言いたくなかった。つまり、怪盗に負けたことを認めたくなかったのである。

「現場を点検してみようよ。ファイユームが、何かの手がかりを残しているかもしれない」と、ドミニックは続けた。

「煙草の灰とマッチ一本かな?」と、ルグローが皮肉を言う。「シャーロック・ホームズなら、これは東洋の煙草で、香港から着いた長距離航路の船長が、カイロでファイユームに贈ったものだ。煙草に火を点けたのは、ローザンヌの、左脚をひきずって歩く煙草屋の主人から買った蠟燭マッチだ。そこから、シャーロック・ホームズは、ファイユームがマドリッド行きの列車に乗ったと推理するだろう! やれやれ、きみは立ったまま夢を見ているんだ、ドミニック。もしあの悪党を、どこかで捕まえるチャンスがあるとしたら、パリしかないだろう。皆さん、残りたければ、このまま残ってください。わしはパリに帰りますぞ」

「ムッシュー・ルグローのいうとおりだ」と、サンテーグル氏。

その時、ドミニックは連続パンチを浴びせられた気持ちだった。もちろん、ファイユームがドミニックに勝ったとしても、本人の能力とは無関係だ。ところが、グラン・シェフは自分の頭脳だけを頼りに謎を解決し、蜜蜂の塔にたどりついたのである。ファイユームの方は、脳みそをしぼる必要などなかった。彼は、レコードを盗んだのだから。

まったく! グラン・シェフがもっと早く、あのヴェネツィアめぐりの映画のことを思い出せばよかったのに……いまさら嘆いても、始まらない。

「では、出発!」、公証人先生が、がっかりした様子で叫ぶと、一団はそれぞれの車に向かった。

「こっちだぞ、ドミニック?」と、デュラック氏が声を掛ける。

だが、ドミニックは去りがたい気持ちだった。自分の天才的推理でたどりついたあの塔から、離れたくなかったのだ。

「聞こえないのか、ドミニック？　出発だ！」と、デュラック氏が催促する。

ドミニックは、パパから少し離れて、動こうとしない。

ママ・デュラックは、もうフルゴネットに乗り込んでいた。パパ・デュラックは、片手をハンドルにかけて、ドアを開けて待っている。

ババ・オ・ラムは、グラン・シェフのすっかり落ち込んだ様子に、どうしてよいかわからず、ドミニックとフルゴネットの中間で動けない。

「いうとおりにしなさい、ドミニック。さもないと、おいてけぼりだぞ」と、デュラック氏が叱りつけた。

ほかの車は、もうエンジンがかかっている。

ドミニックは、思い切って、両親の方に走った。

「お願い！　もう少しだけ待って！　塔の中の、あの部屋をもう一度調べたいんだ」

「今さら、何が見つかると思ってるんだ？　かわいそうに！」

「ぼくにもわからないけど」と、ドミニックが打ち明ける。「でも、今まで全部、見つけたのはルグローじゃなくて、ぼくの方だよ！」

「そのとおりだわ」と、ママ・デュラックが誇らしげに言う。

「もう少しだけ、ここにいようよ」と、グラン・シェフが嘆願する。「今日の午後まで、それだけでいいんだ」

「そうね、エドモン」と、ママ・デュラックが、息子の応援に割り込む。「この子がそれほど残りたいなら、それだけの価値はあるはずよ！　パリのレストランは工事中だし。ペンキの臭いの代わりに、水辺や草原で、新鮮な空気を吸って過ごす方がよくない？　あの臭いは頭痛のもとよ」

ドミニックは、感謝の気持ちを込めて、ママを見つめた。

「わかった、わかった！」と、デュラック氏。「じゃあ、木曜まで残ろう。シャヴィル（パリ南郊の小都市）の、ママの友だちのバースデーに出る苦行もキャンセルできるし。あの人たちは病気の話ばかりで、帰ってきたら、こっちが入院したくなりそうだ！」

そう言うと、グループの面々にむかって叫んだ。「私たちは、もう少し残ります。道中お気をつけて！」

ノエルも、できれば残りたかったが、ドミニックとババ・オ・ラムに手を振って別れを告げただけだった。

グラン・シェフの引率で、デュラック家の一行は塔の三階の部屋にもどった。ドミニックは、完璧な探検家の必須アイテムをポケットから取り出す。ルーペだ！　彼は徹底的に現場を調査する。身をかがめて、壁の下の床の、細かいゴミのようなものを集めるのだ。

「ガラスのかけらだ」と、ドミニックが言うと、「大発見！」と、父がからかう。

「ふくらみがあるから、腕時計のガラスだよ」

「眼鏡のレンズかもしれんぞ」

「ちがうよ、パパ。縁が斜めに切ってある。眼鏡のレンズは、絶対こうならないんだ」

「うちの子は、すばらしいわ！」と、ママ・デュラックは叫ばずにはいられない。

「よろしい」と、パパ・デュラック。「このかけらが時計のガラスだとして、そこから、何がわかるのかな？」

「このかけらは、そんなに昔からここにあったわけじゃない。せいぜい、二、三日前だよ」

「ど、どうして？」と、パパが驚く。

「わかった、埃《ほこり》ね！」と、ママがとっさに答える。「こどもでもわかる推理よ」

「ブラボー、ママ！　たしかに、かけらの上に埃《ほこり》がついていないぞ」（パパが、かけらに近づいて観察する）「つまり……」

　昼前でも、部屋の中は暗かった。窓が半分キヅタに覆われているので、窓辺でもうす暗い。

「マッチもってない？　パパ」

　デュラック氏が、マッチを擦った。

「ほら、あそこに茶色のシミがある……血みたいだよ！　誰かが怪我をしたらしい……もう少し明るいと、壁際も、もっと調べられそうだ」

　ドミニックは、ガラスの破片を、まるでダイヤモンドのように大切に、ハンカチでくるんだ。

　デュラック氏が、あごが外れそうなあくびをする。

「四回目のあくびで、ちょうどお昼ね！」と、デュラック夫人が笑う。

「腹ペコなんだ！」と、デュラック氏。「宿屋のレストランで、ランチにしよう。私のアペリチフ（食前酒）のあいだに、アリ（ババ・オ・ラムの本名）に、クレシーの街まで、懐中電灯を買いに行ってもらおう。ドミニックの午後の捜査に必要かもしれない」

しばらくすると、ババ・オ・ラムが宿屋にもどって報告する。

「クレシーの街で、ふたつのことを聞いたんです。支払いを済ませたら、電気屋のおやじがこう言うんです。〈お若いの、ありがとよ。懐中電灯のお代を払ってくれて！〉なぜそんなことを言うのか聞いたら、こんな返事でした。〈じつは、昨日の晩、誰かが入って来て、懐中電灯をひとつ盗んだのさ。店番は母ひとりで、年寄りだから、悪党は逃げる時間があったんだ〉」

「もうひとつは？」と、ドミニック。

宿屋のレストランでは、ウェイトレスが、肉汁のしたたるテリーヌ入りのパテ・ド・カンパーニュ（田舎風パテ）を運んできた。

「さあ、食べよう！」と、デュラック氏が陽気に声を掛ける。「オオカミみたいに腹が空っぽだ」

「もうひとつは」と、ババ・オ・ラム。「途中で見かけた女の人が、そばにいた女の人に話していたんです。今朝、その人の小さい息子に男が襲いかかって、パンを奪って逃げたそうです」

ドミニックが、笑いながら答える。「どっちも、ぼくの捜査の役に立ちそうにないな」

「同感だ」と、デュラック氏。「ここのパテは、有名なんだ。シェフに、レシピを聞いておこう」

というのも、ムッシュー・デュラックは、自分の店では北アフリカ料理しか出さないが、じつはクスクス（粒状のパスタ）やシシケバブ（羊の串焼き）やメシュイ（羊の焼肉）が大の苦手なのだ！善良なシャラント県人（フランス南西部、グルメで有名）である彼の好物は、パテ、カスレ（白インゲン豆の肉入りシチュー）、ブーダン（豚の血の腸詰）、アンドゥイエット（豚の臓物の腸詰）、味の濃いドーブ（蒸し焼き）ビーフ、エスカルゴ（食用カタツムリ）、グルヌイユ（食用カエル）、インゲン豆などなどだった！

食後の美味しいコーヒーが済むと、グラン・シェフは塔の捜査を再開した。

まず、ガラスのかけらを発見した壁のあたりを照らして、ルーペで、一センチ四方ごとに調べる。

「おや、髪の毛だ！」

「髪の毛ですって？」と、マダム・デュラックは心配そうだ。

「五、六本あるよ。壁に張りついてる……男の髪の毛だ」

「どうして、男ってわかるんだい？」と、パパ。

「あたりまえよ！　長さよね、短いから」と、ママ。

「ブラボー、ママ！」と、ドミニック。「こばりついてる」（さらに接近して観察する）「血だ！」

この髪の毛も、ガラスのかけらと同じハンカチに収まった」

グラン・シェフが推理中だ。パパもママも、ババ・オ・ラムも、口をはさんで黙想するのを控えている。

ようやく、少年探偵が口を開いた。「ここで殴り合いがあったかもしれない。場面を再現してみようか。二人の男が闘って、ひとりの頭が壁に激しくぶつかったんだ。男が崩れ落ちる時、ざらざらした石の壁にこすれて、髪の毛が何本か残った。床には、腕時計のガラスのかけらが落ちて、その時、手首か手の平が切れた……だから、血が少し、ガラスのかけらについたんだ」

ごくかすかな手がかりから、みごとに現場を「再現」したグラン・シェフの早わざに、皆が驚いて、言葉も出ないうちに、彼は精密な捜査を再開した。もっと暗い片隅には、驚きが待ちかまえていた。

「はやく来て！」

床の上には、懐中電灯がひとつ、壊れてころがっている。保護ガラスも電球も残っていない。踏みつけられて、筒の部分がでこぼこだ。

「まちがいないよ！　ここで乱闘があったんだ。遅くても、二、三日前の夜に」

「どうして夜なの?」と、マダム・デュラックが驚く。

「やれやれ、エステル。懐中電灯だよ！」と、ムッシュー・デュラックが、もったいぶって言う。

「子どもでもわかる推理だろう、ママ！」

「ブラボー、パパ」と、ドミニック。

息子にほめられて、パパ・デュラックは得意そうだ。パパも、やっと探偵になったのだ！

「捜査続行！」と、興奮気味に叫ぶ。「この勢いで、続けよう！」

「それで」と、ドミニック。「ふたりの男が、夜中に侵入したんだ。もちろん、共犯者で、遺言書を盗み出し、半割れのレコードと取り換えたのさ。ぼくらをあざ笑うためにね」

「それから、二人は闘った。財産をひとり占めするために」と、パパが結論する。「古典的な筋書きだな！」

「またブラボー、パパ！」と、息子が喝采《かっさい》する。

「要するに、推理ってやつは、案外単純なもんだな」と、父が、新米探偵の興奮もあらわに、話しはじめた。「ドミニック、指紋や爪の先や、部屋の埃《ほこり》や、いろいろな細かい証拠品の研究のために、今度、顕微鏡を買ってあげよう！」

グラン・シェフは、またハンカチを取り出して、血で張りついた髪の毛を、もう一度ルーペで調べている。

「褐色で……ちょっと縮れてる……」

「ファイユームだ！」と、ババ・オ・ラム。

「ファイユームだ！」と、デュラック父子も、満足げに繰り返した。

「そうとは限らないわ」と、ママ・デュラック。「同じ国から来たファイユームの共犯者で、同じタイプの髪の毛かもね」

「なるほど、そのとおりだ！」と、パパ・デュラック。

デュラック一家が、ババ・オ・ラムもふくめて、全員謎解きに参加する。全員が探偵だ！

「そういえば、いま思ったんだ」と、ドミニック。「証拠はまだないけど、今朝、懐中電灯を盗んで、パンも盗んだのは同一人物で、この男は、きっと、頭に内出血の青あざがあって、手首か手の平に、小さな傷があるよ。凄い推理だろう？」

「共犯者のうちの誰かってことかな？　でも、遺言書が見つかったのに、どうして、このあたりをうろついていたんだろう？」

　わからないというしるしに、少年探偵は両腕を広げて言った。

「そいつを見つけられたら、ぼくたちに、いろいろ面白い話をしてくれそうだけど……どっちにしても、ルグローがあんなに早く出発したのはまちがいだったという気がするんだ！」と、ドミニックは、「〈全テヲ知ッテ、見テ、聴イテイル〉探偵（ユリイカ探偵社の標語）」として、皮肉たっぷりに結論した。

「そうかな。懐中電灯の盗賊とパンを盗んだ男が、遺言書の事件と何かの関係があるとは思えないんだが」と、デュラック氏。「でも、すべてありえないわけじゃない……疑わしきは警察へ、だよ。憲兵所《ジャンダルムリ》へ、大急ぎだ！　懐中電灯と時計のガラスと、ひとつまみの髪の毛を残して行った、あの、夜の鳥のことを通報するんだ」（「夜の鳥」は、この場合夜遊びが好きな、いかがわしい人物のこと）

「まだ寝てないよね、グラン・シェフ?」

夜の帳《とばり》が降りた。デュラック夫妻と二人の少年は、宿屋でランチと、それからディナーを済ませて、それぞれの部屋にわかれた。少年たちは、ツインベッドの部屋だ。

ドミニックは、大きく開けた窓のそばに陣取っている。

「何を見てるの?」と、ババ・オ・ラムがまた尋ねる。

「塔だよ」

あの苔むした塔の、蜜蜂が刻まれた扉は、謎にむかって大きく開かれたままだ……

ドミニックは、塔の高くて重々しいシルエットに、すっかりとりつかれている。塔の影の頂点に、夜は弔いのスカーフを巻きつけ、河の流れは、霧のスカーフで塔に襲いかかり、塔の足元を縛りつけている。

この廃墟には、まだ、いったいどんな謎が秘められているのだろうか?

これ以上、どんな鍵、どんな手がかり、どんな抜け道を、少年探偵に見破ってみろというのだろうか?

蜜蜂の塔の秘密は、ドミニックがすべて見抜いたのではなかったのか!

そうなったら、塔は、もはや、石の巨大な堆積にすぎない――荘厳ではあるが、解き明かす秘密など、そこにはもう存在しないのだ。恋人たちの愛のひそひそ話や鳥たちの歌、そして、昼は日差しを浴びた蛇たちが動く衣擦れのような音、夜はノネズミやドブネズミの引っ掻くような通過音、そして、モリフクロウやミミズクの陰気な鳴き声のほかには、何も聞こえはしない。

ちょうど窓の下を、若い男と若い娘が通った。二人は、塔から出てきたところだ。

「あの変な男の人、怖かったわ！」と、娘が言う。

「大丈夫だよ！」と、若い男は虚勢を張って応じ、ふざけて腹筋を叩いてみせる。「ぼくがいれば、こわいものはないよ、カロリーヌ！」

「そうね、アルチュール！」と、彼女がやさしく同意する。「でも、あの人の歩き方、とっても変だったわ！　独りごとも言ってたし……」

それを聞いて、ドミニックは急に背筋が寒くなった。

「たしか」と、カロリーヌ。「四月《アヴリル》がどうのって……」

四月、そうだ、アヴリルだ！

ちょうどその時、グラン・シェフは、かすかな叫び声を抑えきれなかった。

蜜蜂の塔の三階で、小さな光が窓の奥を通ったのだ！

「早く、ババ・オ・ラム、急いで！」

五分後、二人の少年とデュラック夫妻は、急いで着替えて、宿屋の主人とその長男と一緒に、塔の三階を急襲した。長男は散弾を込めた鹿撃ち銃で武装している。捜索隊が部屋に入ると、男は、ひげを四日も伸ばし、青ざめてやつれた顔つきだった。懐中電灯を握り、上着のポケットからは、丸いパンの一部が見える。正気を失った様子で、何かつぶやいている。小柄で、陰険な顔つきの男だ。髪は褐色で、縮れている。

「ムッシュー・ファイユーム！」と、ドミニックが声を掛けた。

男は、うつろな表情で振り向いた。

攻撃的な態度はなく、ドミニックたちは苦もなく近づくことができた。彼らの姿が見えていないかのようだ。腕時計は、つけていない。グラン・シェフは、男の手首の上に傷があり、髪の生えぎわに黒っぽい痣《あざ》があることを、一瞬で見抜いた。ドミニックの推理は、すべて正しかったのだ、すべてが！

ファイユームは意味不明な独りごとを続け、懐中電灯の光を床から壁、そして天井に向ける。

「怪我してますね」と、ドミニック。「誰かに殴られたんですか？」

ファイユームは、また、うつろな眼差しを彼に向けた。質問を理解していないようだ。

「殴られて、記憶喪失なのかな。たぶん、その種の状態らしい」と、少年探偵。「何が起こったか思い出せなくても、遺言書を探しに、本能的にもどってきたんだ。何を探してるのかも、たぶんわからないんだろうけど！」

ドミニックは、夢遊病者に話すように、ゆっくり話しかける。

「あなたのなまえは、ファイユーム、オマール・ファイユームですよ。ユイゴンショをとりに、ここにきたんです。ギヨーム・アヴリルという人の遺言書です。別の誰か、そう、共犯者と一緒でしたね？」

辛抱強く、何度も繰り返す。

「遺言書。ギヨーム・アヴリル。何百万もの大金。何百万フランもの……」

ファイユームの手を取ると、相手は、おとなしく、部屋の北東の角に導かれる。ドミニックは、床板を上げて、遺言書の隠し場所を見せた。

「遺言書……アヴリル……」

男の表情が活気づき、彼はちょっと困ったように笑って、ようやく言葉を発した。

「ユイゴンショ」

「そうです。そのユイゴンショを、あなたは読みましたか？　アヴリルの財産は、どこですか？　あなたは知ってますね」

「ザイサン」と、ファイユーム。

「そう、ザイサンです。どこにあるんですか？」

その瞬間、マダム・デュラックが恐怖の叫び声をあげて、窓の外を指さした。

窓枠の外側に、捜索隊は、くちひげとあごひげの濃い男を目撃した。左手でキヅタの茎にしがみつき、右手の拳銃でファイユームを狙っている。だが、ひげ男が自分の武器を使う余裕はなかった。その前に、宿屋の主人と長男が猟銃の銃口を男に向けたのだ。

男は、姿を消した。

宿屋の主人は窓際に駈け寄ったが、もう誰も見えなかった。

謎の男は、猫の敏捷さで塔の裏側にまわって、猟銃を避けた。大急ぎで、塔から降りたにちがいない。

「急いで、エミール、塔の下だ！」と、宿屋の主人が息子に叫ぶ。「おれは、こっちから狙う」

若者は階段へ急ぐ。

少しあとで、宿屋の主人はひげ男の影を見たような気がして、銃の引き金をひいた。発射音は強烈で、その反響がまだ残っているうちに、二発目の、やはり強力な銃声が塔の下で聞こえた。

「当たったか？」と、宿屋の主人が窓から叫び、「外れた！」と、息子が答える。「森の茂みに逃げ込んだらしい」

マダム・デュラックは、息子とババ・オ・ラムを連れて、宿にもどるつもりだ。

「さあ、行きましょう。あの悪党は、ドミニックを殺すことだってできたのよ！」

「でも、もう逃げたから、ママ」

「もどってくるわよ」

「襲撃が失敗したから、もうもどらないよ」

「そうかしら。あなたのことが心配なのよ。もしものことがあったら……何百万あっても、取り返しがつかないわ。さあ、行きましょう！」

「でも、ママ。そうはいかないよ！　もう少しだけ調べたいんだ、事件のすべてを！」

ドミニックは、ファイユームのところにもどり、尋問を続けた。

「遺言書……どこにあるか、思い出せる？」

「櫃《ひっ》……」と、ファイユーム。

「なんだって？　櫃《ひっ》かい？　どんな櫃《ひっ》？」

捜索隊全員が、息をのむ。

「スペイン」と、ファイユーム。

「なんだって？　共犯者がスペイン人？」

「シャトー」

「シャトーって、どこの？」

「トロンプ・ルナール」

「なんだって？」

「ドルドーニュ、櫃《ひつ》」

「なんてバカだったんだ！」と、ドミニック。「スペインは、シャトーでも共犯者でもない。櫃《ひつ》だ！」

そして、ファイユームの方に振り向く。

「スペインの櫃《ひつ》なんだね」

「スペインの櫃《ひつ》」と、ファイユームは繰り返し、「アリューズ」とつけ加えてから、また「ドルドーニュ」と言った。

謎の答えが、やっとわかったのだ。完璧で、完全な答えが！

ギヨーム・アヴリルの遺産は、ドルドーニュ地方アリューズのトロンプ・ルナールのシャトーにあるスペインの櫃（ひつ）に隠されている。

これでもう、蜜蜂の塔からドミニックが学ぶことは、何もなくなったのである。

いや、そうではなかった……

重要な謎が、あとひとつあった。共犯者でも、そうでなくても、ファイユームを襲った人物の名前だ。

「あなたを殴って、遺言書を奪った男は、誰ですか？」

「スペインの櫃《ひつ》」と、またファイユームが繰り返す。

「ええ、それはわかりました。でも、あなたを殴った男は？　わかりますか？　ナグッタ、オトコ！　名前がわかりますか？」

ファイユームは、頭を横に振って否定する。

「知らない人ですか?」

ファイユームは、またしても、頭を横に振って否定し続けた。

第Ⅲ部　アヴリルの遺産

第1章　「全員が容疑者だ」（グラン・シェフの捜査日誌）

トロンプ・ルナールの館《やかた》（城館なので「シャトー」とも呼ばれる）

（一九六〇年七月二三日、木曜日：午前十一時）

これは、ギヨーム・アヴリルの遺産相続事件に関するぼく自身、つまりドミニックの「推理と捜査の日誌」である。

状況を明らかにするには、方法が必要だ。そこで、ぼくは自分自身に問いかけた**疑問**、それに、ぼく自身の**疑惑**と**仮説**を緑色、ぼくが発見できそうな**手がかり**と**痕跡**を青色、ぼくの**推理**を赤色で強調して記入することに決めた。

「疑惑」と書いたが、じつは、すでにひとつある。驚くべき疑惑だ！

ぼくは、また、これから観察するあらゆることを書きとめることにした。本物の探偵には、無意味な細部など存在しないのだ。次に、この日誌は、少しばかり、バカンスの課題の制作のようなものになるだろう。ノエルは国語（フランス語）がとても強いが、ぼくはまるでだめだから、この日誌は、文章を練習する絶好の機会になるはずだ！

さあ，先に進もう。「大切な銀の指輪　あなたがくれたものよ……」、マダム・アンジェリーノは一日に四回も、この歌のレコードをかけるが、ぼくには、職人たちがハンマーやピッケルを打ち下ろす音や、ノコギリを引く音のほうが、ずっとここちよいいのだ！

彼らは、あの櫃《ひつ》を見つけるために、あらゆる物理的障害を打ち砕いてくれるだろう。あのおばあさんは、櫃《ひつ》がどうなったのか忘れてしまったのだから、どうしようもない。

そういえば、壊れそうなシャトーのかくれんぼ（カッシュカッシュ）は、大興奮のゲームになるだろう！　ノエルとババ・オ・ラムとぼくの三人で、けっこう遊べそうだ。それから、カスバも！　そうだ、カスバのことを忘れていた。マダム・アンジェリーノが飼っている雌の子ヤギで、ババになついて、とても仲が良い。ふたりとも北アフリカ出身だからだろう（カスバはアルジェの城壁に囲まれた旧市街）。カスバは、ババ・オ・ラムからめったに離れないので、ぼくたちが姿を隠しても、きっと探してくれるはずだ。

当地に来て、三日目だ。蜜蜂《アベイユ》の塔の窓にひげ男が現われて、銃撃戦の洗礼を受けた翌日、ぼくたちは出発した。相続人の一団の引率はフェスタラン師で、彼らに前夜の冒険談を話した翌朝だった。

ルグローは、デュクリュゾーに始終からかわれて困惑気味だ。今朝も、こう言われたのだ。

「同情しますよ、ムッシュー・ルグロー。よく眠れなかったでしょう！」

ルグローは不用心に答えた。

「なぜ、そんなことを？」

「ほら！　あなたの眼ですよ。眼ハ全テヲ見テイル　知ッテイル　聴イテイル、でしょう！（ユリイカ探偵社の標語）どっちかの目がいつも開いているから、片目しか閉じられないんだ」

見当ちがいの腹いせだろうか、ルグローは、ぼくのことをもう「フランスのホームズ」としか呼ばない。それで気がすめば、かまわないが！……

おや、おや、また何かあったのだろうか？　下の方から、改修工事の親方が叫ぶ声が聞こえて、職人たちが大きな箱をもってくる。

スペインの櫃《ひつ》だろうか？

（数分後）

あの箱は、乗り合い馬車《ディリジャンス》で旅行した時代のスーツケースで、化石のコレクションが詰まっていた。ぼくの推理でスペインの櫃《ひつ》を発見できれば最高だが、結局、推理の一撃ではなくて、ツルハシの一撃で見つかるのだろうか。

そうだ、あることを思いついた（何でもメモする理由は、アイディアが書きながら出てくるからだ）。

ぼくが立てた**原則1**：マダム・アンジェリーノが、櫃《ひつ》に数百万フラン入っていることを知らなかったとは思えない。**原則2**：認知力に問題があるとしても、マダムがそのことを知っているのに、櫃《ひつ》の行方を忘れたとは、さらに認められない。

これから**疑問**を提示する（緑色で記入）。

疑問：あの、お上品なマダム・アンジェリーノは、ぼくたち全員をだましているのだろうか？

イエスなら、その**理由**は？

二つの**解答**：①マダムがギヨーム・アヴリルの財宝をひとり占めにしたいから。②彼女がぼくたちを疑っていて、ひげ男の共犯者だと思い込んでいるから。

（以上は**仮説**なので、青色）

このシャトーで、ぼくたちは部族集団のようだ。メンバーを書きとめておこう。マダム・アンジェリーノ、フェスタラン師、ルグロー、ミセス・グレイフィールド、ジュシオーム、デュクリュゾー、ムッシュー・ド・サンテーグル、ぼくの両親（デュラック夫妻）、ノエル、ババ・オ・ラム、ぼく（ドミニック）。それに、当事者ではないが、好奇心から加わったベナール夫妻。館の家政婦とコックの女性も関係者だから、合計十六人（改修工事の親方と六人ほどの職人は除く）。

いや、故人だがムッシュー・アンジェリーノを入れれば、十七人になる。

この亡霊は、生きている十六人全員よりやっかいな存在だ！　食卓では、彼の未亡人の前に席があり、亡霊の皿に料理が出されるまで、彼女は食事をせずに、亡き夫に話しかけている。「残念ね、まだよ。ジョヴァンニ。まだ櫃《ひつ》は見つからないの。なんですって？　ドイツ軍に占領されていた一九四三年に、地崩れで入れなくなった、地下のせまいワイン蔵ね？　あそこも、調べてもらったわよ。でも、何もなかったの」とか、「あそこにあったソーテルヌの白ワインを心配してたけど、正解ね、ジョヴァンニ。だめになってたわ」とか。そして、食事の前にワイングラスを持つと「あなたの健康のために、ムッシュー・アンジェリーノ！」と言ったり、誰かが空席の椅子にぶつかると「あら、ごめんなさい、ムッシュー・アンジェリーノ、あなたが見えなかったの！」と謝ったりするのだ。

ここまで書いてランチの鐘が鳴った。

一階に降りる。

（同じ日の午後）

また誤報。別の大箱が見つかったが、残念ながら、パン用の櫃《ひつ》だった。昔は、パン種のこね桶か練り桶に使われていたのだろう。

ノエルとババ・オ・ラムに、新たな疑惑のことを話した。ひげ男についてだ。マダム・アンジェリーノが、男は夜中に館に侵入して、翌朝姿を現わし、マダムに危害を加えずに立ち去ったと話したのを聞いて、ルグローは、こう断言した。

「やつはもどってくるつもりだったが、我々の到着で計画を断念したのだ」

「たしかに、そうかもしれないが……」と、ベナールが反論した。「別の見方をすれば、あの男は、今探偵さんが進めている捜索を、あなたより先に完了できなかったのかもしれませんぞ。だから、今頃はあたりをうろついて、あなた方が櫃《ひつ》を見つけるのを待っているのでしょう。ひょっとしたら、職人たちから共犯者を雇ったのかも？」

ところで、ぼくがひらめいた疑惑は、次のとおりだ（緑色で記入）。

「つけひげ男は、館の外ではなくて、内部にいるのでは？」

「本気じゃないよね？」と、ノエルがぼくに言った。「もしそうなら、どこに隠れて、どうやって食べているのかな？」

「どこに隠れてるかって？　館の個室さ！　そいつは、ぼくらと一緒のテーブルで、おとなしく食べてるんだよ！」

ノエルは、ぼくの言ったことが理解できないらしく、あっけにとられている。

「でも、ひげ男が、ぼくらのグループのひとりだっていうわけじゃないんだろう？」

「どうして、だめなの？」

「ありえないよ！　あの男が、塔でファイユームに発砲した時、ぼくら以外は、みんなパリに帰ってたじゃないか」

「そうだよ。でも、誰でも、午後に車か列車で、クレシーにもどるだけの時間があったのさ」

「なるほど、たしかにそうだ！　じゃあ、誰かを疑ってるの？」

「**全員が容疑者だよ！**　原則としては」

「でも、君の両親と、ムッシュー・ド・サンテーグルはちがうだろう？」

「もちろん、ちがうさ。それに、ミセス・グレイフィールドとマダム・ベナールも。あのひとたちが、つけひげで変装してから、ファイユームを一発でノックアウトして、壁をつたって降りたとは思えないからね！」

「フェスタラン師も。老人だし、そんなことができるような人じゃない」と、ババ・オ・ラムがつけ加えた。

「彼は除外しよう。ひとの外見は、あてにならないけどね」

「残るのは、ルグロー、デュクリュゾー、ジュシオームと、ベナールか」と、ノエルが話をまとめた。

「でも、ルグローは、ぼくたちのために仕事をしてるよね。それほど腕っぷしが強くなさそうで、軽業は無理だ。それに、太りすぎて、弱気だし」

「それに、探偵にしては頭が悪すぎるから、ルグローは除外しよう。デュクリュゾーも外しておこう。いつも、うわの空だから」

「じゃあ、錠前師のジュシオームは？　それから、ベナールは？　彼の家にレコードがあったよ」

「ベナールじゃなさそうだ」と、ババ・オ・ラム。「詩を書くんだろう？」

「詩人、ポエットか……かっこいいな」と、ノエル。「でも、スポーツマンで、牡牛みたいに強いぞ！」

「それはともかく……ベナールは、ここに何しに来たんだろう？」と、ぼくはつけ加えた。「あの何百万もの財産の話が、ひどく気になってるように見えたんだ。それに、地中海への急すぎる出発もあったし。嵐で友人に貸した船が壊れたという口実だったけど、ひげ男がトロンプ・ルナールの館に到着する直前だった。怪しいだろう？」

「やっぱり、容疑者ナンバーワンはベナール、ナンバーツーはジュシオームかな？」と、ノエル。

「そんなに興奮しないで。とにかく、ムッシュー・ルイ・ガブリエル・ベナール、残念ながら、ここにあなたの名前を緑色で記入しないわけにはいきません。これからは、あの〈探偵社のスローガンの〉眼をこっそりあなたの方にむけて、大きく開いておきます、というわけさ」


〈一九六〇年七月二四日、金曜日：夕刻〉


スペインの櫃《ひつ》は、まだ見つからない。

特記事項なし。

もちろん、館に着いた最初の数日で、ノエルとババ・オ・ラムとぼくは、あらゆる片隅をつついて、あの櫃《ひつ》を探したのだが、結局、あきらめた。

パパは、パリの家とレストランのことが気になっている。レストランには、新しいバーと、新品の電気焼き串機《ブロッシュ》を設置して、流し台《プロンジュ》を改装したところだ。

調理場から出ると、パパは別人のようにおとなしい！　レストランでは、大勢の常連客に取り巻かれて、宮殿の皇帝の雰囲気なのだが。

ママはごく自然にふるまっているが、シャトーで過ごしていることを意識している感じだ。言葉づかいに気をくばり、コーヒーではなくて紅茶を選ぶ——じつは、紅茶は大の苦手なのだ！　それに、今朝は食卓で話す時、接続法半過去（日常会話では用いない古風な話法）まで使っていた。

デュクリュゾーとベナールは、たがいに詩を朗誦しあい、牛乳でも飲むような牧歌的な調子で、「ドルドーニュ河畔の夕べのやさしさ」（ロスタン『シラノ・ド・ベルジュラック』第四幕第三場）について、話が弾んでいる。

ジュシオームは、「腕前が落ちない」ように、館の調子が悪くなった古い錠前を直して、時間を過ごしている。みんなが、彼から距離を置いている感じだ。刑務所帰りなので、まだ彼のことを疑っているらしい。彼自身もそのことに気づいていて、悩んでいるのは不当なことだ。とにかく、彼はとても従順だ。というより、従順そうに見える。

サンテーグル氏とフェスタラン師は、ミセス・グレイフィールドとマダム・アンジェリーノと四人で、ブリッジのゲームをしている。

ルグローは、あちこち探しまわって、考えこんでいるようだが、インスピレーションが、なかなか湧いてこない。

シャトーの入口の鉄柵のそばに、ムッシュー・アンジェリーノの石像がある。風変りな小さな建物の横だ。この建物は、マダムがぼくたちに説明したように、彼女が、夫の構想どおりに建てさせた「未来の家」（メゾン・ド・ラヴニール）なのだ。

毎朝、マダムは石像の前の花台の花々をとりかえる。

そういえば、アンジェリーノ氏は、未来の建築について、ずいぶん奇妙なアイディアをもっていたものだ。もし生き返ったら、現代の超モダンな家々を見て、先を越されたと腰を抜かすことだろう！　白雪姫のこびとか、人形たちのためのこのミニチュア・ハウスに入れないのは残念だ。かくれんぼに絶好の隠れ家なのに。

それに、ひとつしかない扉は、開かないようにセメントで固めてあり、窓は、石の壁にたがね《ビュラン》で窓枠が刻まれているだけだ。

亡くなったアンジェリーノ氏について、ミセス・グレイフィールドは、今晩も、どんなゴースト・ストーリーを、ぼくたちに話してくれるだろうか。このイギリス婦人は、幽霊の存在を鉄のように固く信じていて、幽霊を「手なずける」ことができると言い張る。ミセスは、幽霊たちを信頼させる霊気のようなものを帯びているので、彼らは自分たちの苦労話を聞かせてくれるというのだ。イギリスに幽霊屋敷はたくさんあるが、ミセス・グレイフィールドのように、幽霊を手なずけることは珍しいという。ぼくのママとマダム・アンジェリーノは、ゴースト・ストーリーが大好きだ！

ミセス・グレイフィールドは肘掛け椅子に深々と座り、ママは低い椅子で小さくなっている。マダム・アンジェリーノは、もちろん、あのラブソファの二つの席のひとつを占領している。残りの席には、誰も座れない。もちろん、亡くなったジョヴァンニの席だからだ！

さあ、幽霊話が始まるぞ！

「それでは、マダム・アンジェリーノ」と、ミセス・グレイフィールド。「私、思い出しますわ。昔、デヴォン伯爵領のエクセター（イングランド南西の古都）で……女友だちとウィークエンドを過ごしたの。レディー・エヴリン・マクマレーよ。真夜中の遅い時間までおしゃべりして、部屋に引き上げようとした時、廊下に、目と鼻の先で、出会ったのよ！　誰だと思う、話してもいいかしら？　からだじゅう涙で濡れた若い女性の幽霊だったの、かわいそうに！　あわれな娘は、断頭台で首を刎《は》ねられたと、私に打ち明けたわ、ギヨーム征服王の命令で！」などなど、話は続いた（ギヨーム征服王は、一〇六六年ノルマン・コンクェストで勝利したノルマン王朝初代イングランド王ウィリアムのこと）。本当とは、とても思えないが、途中で笑うこともできない！　ママはすっかり怖くなって、部屋にもどると、ベッドの下やクローゼットの中や、カーテンの奥を点検するのが日課だ。

鐘が鳴っている。

ディナーに降りる時間だ。

（同じ日：夜九時）

また始まった！　今夜は、征服王の時代の若い娘の幽霊の話を続ける代わりに、ストラットフォード・アポン・エイヴォンのワーウィック伯爵領にあるレッドライオン旅館の青い部屋（妻を殺す貴族の寓話「青ひげ」に由来する表現）で、詩をながながと口ずさむ乗馬服姿の婦人の幽霊の登場だ。彼女は、シェイクスピアの劇団付きの女優だったと、ミセス・グレイフィールドに打ち明けたという。

そこで、デュクリュゾーが、待ってましたとばかり、『オセロ』の数行を叫びはじめた！

ぼくは、このへんで切り上げて、寝室に上がる許可を申請した。

（深夜十二時半）

またまだ！　でも、館では初めてだ！

いいいいいいいいいい

ひげ男の姿が見えたのだ！

よく眠れなくて、部屋の暗闇の中で、あれこれ考えていると、下の方で、かすかな物音が聞こえた。きしむような音だ。思わず跳び起きて、窓辺に走ると、ひげ面で黒眼鏡の男が見えた。男は、城館からこっそり抜け出したのだ。ぼくは、目で彼を追った。最初のうちはかんたんで、植え込みから植え込みへと、ぼくは視線をすべらせた。残念ながら、建物から百メートル離れて、数本の樫の木があり、枝葉が分厚く茂っていた。月のない夜で、そこから先は何も見えなかった。

男を見失ったが、それ以上の追跡はあきらめた。白状すると、怖かったのだ！　そのあとも、長いこと、周囲を監視した。館の入口の扉から玄関を見まわして、寝室の窓にもどった。

何も見えなかった！

ひげ男は、どこへ行ったのか？　何をするために？　そして、とりわけ、男は誰なのか？

ミステリーだ！

それでも、ぼくがもう一度、男を見たことに変わりはない（ドミニックは蜜蜂の塔でも男を見かけている）。

ひげ男は、たしかに館に潜んでいるのだ。

（午前二時、同じ夜）

階段を、こっそり登る足音が聞こえた。

男ひとりで、上の階に登って行く。急いで部屋の外に出たが、男の姿は見逃してしまった。もう、階段の踊り場に到着して、廊下の方に曲がっていたのだ。

ぼくも、あとをつけて登っていると、ドアがすごく静かに開く音がした。急いで階段を登り終ると、ちょうどドアが閉まったところだった。

その部屋は、ルイ・ガブリエル・ベナールの部屋だったのだ！

ひげ男は、ベナールなのだろうか？

第2章　ベナール?……ルグロー?……それとも、ジュシオーム?

(グラン・シェフの日誌──続編)

(同じ夜中、午前三時四五分)

ル、ル、ル、
ルグローだ!

ぼくはまちがっていた。ひげ男はベナールではなくて、ルグローだったのだ!

でも、いったい、誰がそんなことを想像できただろう?

下の方でまた怪しい音が聞こえて、目が覚めると、窓からルグローが見えた。今度は、ひげも黒眼鏡もない。見張っていると、彼は工事現場にむかう。工具箱をあさって何かの道具を持ち出し、庭園の鉄柵のほうに遠ざかった。

朝の四時だ!

ぼくは下に降りた。追跡開始だ!

パパとムッシュー・サンテーグル、それにムッシュー・ベナールに知らせるべきだとわかってはいたが、時間がない! しまった……手帖をテーブルの引き出しに置き忘れたから、メモができない。もし、もどれなかったら、ぼくの死体が庭で見つかるかもしれないが、そうなっても、殺人犯が誰だか、わかりはしないだろう。

（同じ日：午前五時半）

ぼくは死ななかった！　でも、なんという恐怖！

ルグローを尾行していると、やつは鉄柵にたどりつく前に、右に曲がった。ぼくは、なんてバカだったんだろう！

そうだ、スペインの櫃《ひつ》だ！

マダム・アンジェリーノがあの大箱をどこに隠したのか、もっと前に見抜いておけたはずなのに！

そうだ、未来の家の中だ！

ルグローは、そのことをぼくより先に推理したのだ。

彼はそのまま歩いて、あのミニチュア・ハウスに着くと、ポケットから小型ハンマーと薄鑿《うすのみ》（せまいすき間などに差し込む工具）を取り出し、鑿の頭をぼろ布で巻いてハンマーで叩き、ミニ扉を固定してあるセメントを壊そうとする。

ぼくはどうにか、すぐそばの大きなイチジクの樹の陰に隠れることができた。

プロジェクターのような月の光（フランスでは日本より日の出が遅い）に照らされて、ジョヴァンニ・アンジェリーノの石像の影が、ルグローの影の近くまで伸びている。アンジェリーノを見張りにして、奇怪なハウスに侵入しようとするその姿は、まるでミステリー映画だ。

ルグローは、すぐに扉をこじ開け、懐中電灯をかざして中に入った。

彼は、いったい何を見つけたのだろうか？

何も見つからなかった！

ぼくは、急いでその場を離れたが、ルグローも同じだった。

つまり、二人とも、櫃がそこにあったと思い込んでいたのだ。

ルグローは悪態をついて、すぐに立ち去ったが、その時、あわてたせいで、薄《うす》鑿《のみ》の頭に巻いたぼろ布を落としてしまったから、彼が遠ざかるのを待って、ぼくはぼろ布を拾った。貴重な証拠物件だ！

ところが、ぼくが館にもどろうとすると、もっと遠くにいるはずのルグローが、また現われたのだ！　そして、ぼくを見つけてしまった。絶体絶命だ！

ルグローが、にやっと笑って言った。

「フランスのシャーロック・ホームズ君！　危ない現場がお好きなようですな。おかげさまで、こっちは眠るひまもなくなったよ」

ぼくは、心臓の鼓動がますます激しくなる。

突然、ルグローの表情が厳しくなって、ぼくに拳銃をむけた。

「手を上げろ！」

両手を上げて後退しようとすると、背中で何かにぶつかった。未来の家だ。膝がガクガクして、どうしても止められない。

やぶれかぶれになって、ぼくは虚勢を張った。

「あなたも、ムッシュー・ルグロー。スペインの櫃《ひつ》が気になって、眠れないんでしょう？」

その時、彼は拳銃を口にくわえた。じつはパイプだったのだ！

ルグローが近づいて、こう言った。

「夜が明けたら、職人にセメントをもらって来て、扉をもとどおりにするよ。そうしないと、傑作建築を破壊した蛮行で、マダム・アンジェリーノに訴えられるからな！」

ぼくは、安心したわけではなかったが、少しこわくなくなった。

「あなたがパイプを吸うとは知りませんでした、ムッシュー」

「じつは、煙草は入っていないんだが、こいつをくわえてると、紙巻煙草《シガレット》をあまり吸わなくなるのさ」

そして、笑いながら、こうつけ加えた。「それに、パイプをくわえただけで、探偵らしくみえるだろう。探偵小説の読み過ぎかな？」

ぼくは、はじめて声を出して笑った。

ルグローは、今度はシガレットに火をつけてから、煙草の箱をぼくに差し出した。（当時のフランスでは未成年の禁煙規定なし）

「ぼくは、煙草は吸いません、ムッシュー」

「そいつは感心！」

彼は、ぼくの肩に手を置いた。

「きみが賢ければ、さっき探偵ごっこで見たことを、誰にも話さないだろうな……探偵稼業なんて、ちょっぴりばかげてるのさ」

「了解、ムッシュー・ルグロー。でも、なぜ、他の人に知らせずに、夜中にここまで来たんですか？」

「そこまで言わせるのか！　もし私の仮説が正しいと実証されれば、もちろん私の勝ちさ！　ところが、まさに今回の場合のように、まちがっていたら、櫃《ひつ》がここにないことは、誰にも知られない方がよさそうだ。さもないと、あのデュクリュゾーの嫌味たっぷりの冗談を、いつまでも聞かせられることになるぞ！」

「大丈夫ですよ、ムッシュー・ルグロー。じゃあ、ぼくたちのあいだの秘密にしておきましょう」

ぼくたちは、大の仲良しのクラスメイトのように、おしゃべりしながら館に帰る途中で、マダム・アンジェリーノに関する「探偵としての考察」を交換しあった。あの老婦人は精神異常なのか、それとも悪賢い策略家なのだろうか？　ルグローは別の煙草に火をつけた。こんどは、ぼくも味見したくなって一本もらったが、胸が悪くなるだけだった。

館に着いて、別れぎわに、ぼくはルグローに薄鬠《うすのみ》の頭を包んでいたぼろ布を渡した。

「まさか、あなたが探していたのはこれじゃないでしょう？」

「いや、これなんだ！　このぼろ布を探しに未来の家までもどったのさ」

ルグローが布を取って、にやっと笑う。

「ブラボー、我が同僚。よく見つけたな」

部屋にもどると、ぼくはベッドに入って、もうひと眠りした。ひげ男の夢を見なければいいのだが！……

追記：ひげ男といえば、忘れるところだった……

未来の家からもどる途中で、ぼくは、ひげ男が館の敷地に隠れていて、日が暮れる頃、庭園でやつを見つけたことをルグローに話そうとして、何度も口を開きかけたのだった。ぼくの推理では、男はベナールだったのだが、まだ誰も信じられない気がしていたので、結局、この大発見を、とりあえず、ひとには知らせないことにした。でも、ぼくは、まちがっていた。ひげ男は、すでに蜜蜂の塔で、犯罪を前にしてたじろぐような臆病者ではないことを実証していたのだ。もし、やつが誰かを殺したら、ぼくが黙っていたせいになるだろう。だから、ぼくには沈黙を守る権利はない。そこで、朝食後、ルグローとサンテーグル氏とフェスタラン師に、ひげ男のことを、それとなくほのめかしておいた。でも、パパには言わないでおこう。パパに言えばママに伝わって、ママはぼくが殺されると思い込み、病気になりかねない。

追記：考えてみると、パパにも、とにかく、知らせるべきだと思うのだが。

（七月二五日、土曜日：午前九時半）

朝食の席で、ベナールは、ひと晩中猛烈な歯の痛みに襲われて、アスピリンを取りに一階の配膳室《オフィス》（大邸宅の付属施設で常備薬も置いてある）に降りたと、ぼくたちに話した。午前二時頃、彼が階段を登ってくるのをぼくが目撃したのはそのせいだったとすれば、説明がつく。

結論：庭園のひげ男は、ベナールでもルグローでもなさそうだ。それゆえ、容疑者はジュシオームだろう（赤い字で強調）

（同じ日：午前十一時）

今朝、朝食後、ひげ男のことはルグローに（他の誰にも）話さないほうがよいと直感した。なぜなら、ひげ男は、やはりルグローだと思えたからだ。彼は前夜、感情的な作り話をして、探偵稼業をうぬぼれてみせたが、それはぼくをだますためだったのだ。

証拠はひとつもないが、ぼくの推理は次のとおり。

蜜蜂の塔で、ルグローが奇妙な、とても奇妙なひと言を発したことを、ぼくは思い出した。あの時、ぼくたちは全員、遺言書の隠し場所のまわりに集まっていた。ぼくが床板の端をもちあげた時のことが、目に見えるようだ。ほかの人たちは、ぼくの頭上に身を乗り出していた。割れたレコードの半分が入った大きな封筒を見つけて、ぼくたちは、当然、この封筒に遺言書も入っていたものと思い、それがなかったことにひどく驚いて叫んだ。

ところが、ルグローだけは驚かなかったのだ！

驚くどころか、「いやはや、そんなはずはない！」とつぶやいたことを、ぼくは、はっきり記憶している。その時点では気づかなかったが、いま思えば、怪しいひと言だった。

論理的に考察しよう。

あの時、ぼくたちは皆、遺言書入りの封筒が見つかることを期待していたから、封筒の存在ではなくて、遺言書の不在に驚かされたはずだ。

ところが、ルグローの言葉と口調は、あの隠し場所に封筒が残っていたこと自体が意外だったことを暗示していた。彼は、隠し場所に何もないことを予期していたらしい。まるで、その理由を知っていたかのようだ。

仮説（緑色で記入）。

Ａ・蜜蜂の塔には、まずファイユームが入って、遺言書を奪うと、その場所に、エイプリル・フール（英語のエイプリルはフランス語でアヴリル）の嘘のように、からっぽの（つまり割れたレコードと紙切れだけが入った）封筒を、目立つように置いた。そこには、ルグローをからかうように「当代の最も偉大な探偵に捧げる」と書かれていたのだ。

Ｂ・そこにルグローが登場して、ファイユームを追いかけたが、追いついたのは、彼が遺言書入りの封筒を割れたレコードと紙切れだけが入った封筒と取り換えたあとだった。その時すでに、ファイユームは隠し場所の床板をもとどおりに直して、遺言書を持ち去ったのだった。

Ｃ・ルグローはファイユームを殴り倒し、遺言書を奪って姿を消したが、その時、隠し場所をふりかえることなど考えもしなかった。そこには何もないと思っていたから、当然だ。だから、ファイユームが、皮肉にもそこに置いたあの封筒をぼくたちが見つけた時、ルグローは驚いて「いやはや、そんなはずはない！」と、つぶやいたのだ。

（同じ日：午後四時）

ますます、わからなくなってきた！

ひげ男がルグローでなければ、やはりベナールなのか？

ぼくは、ひとつの実験をしてみた。

たまたま、パリでルグローからもらったユリイカ探偵社のポスターを持参していたが、そこにはルグローの写真があった。この写真を切り取って、炭のかけらで、黒眼鏡とくちひげを書き込んでみると、顔の印象が驚くほど変わったのだ！　そこで、ちょうどマダム・アンジェリーノがひとりで小サロンにいたので、ぼくの傑作を見せることにした。

「マダム、あなたをあんなに怖がらせたひげ男は、この写真の男でしたか？」

彼女は眼鏡をかけて、長いこと写真を点検してから、こう言った。

「いいえ、こんな顔じゃなかったわ」

「ちょっとでも、似ているところはありませんか？」

「全然似てないわ。あの男はもっと小顔で、唇が薄くて、そうね、もっと派手な感じだったわ。目鼻立ちが濃くて、きつい顔なの」

そして、隣の席の最愛の亡霊に写真を見せた。

すると、「ジョヴァンニも同じ意見ですわ。この写真の男じゃありません。むしろ、こんな感じ……鉛筆、お持ちかしら？」

鉛筆の代わりに炭のかけらを渡すと、彼女は写真を修整した。

「デッサンは上手じゃないけど、こちらの顔立ちのほうが似てるわね」と、マダム。

ぼくは、最終的な判断を彼女にまかせた。

「それで、この写真の男は、いったい誰なの？」と、マダムが尋ねる。

ぼくは嘘をついた。

「ぼくも知らないんです、古い雑誌で見つけたので。ひげをつけたらどんな顔になるか、想像するための、ただの思いつきです！」

とても信じてもらえそうにない説明だったが、それでもマダムにはじゅうぶんだった。認知力が衰えると、論理の破綻には寛大になるのだ！

写真の実験がうまくいかなかったせいか、急に自信がなくなったが、その時突然ひらめいて、ロックンロールでも踊りたい気分になった。

マダム・アンジェリーノが修整してくれた写真から、目鼻立ちの濃い、エネルギッシュな男の顔が浮かび上がったのだ――スポーツマンのルイ・ガブリエル・ベナールだ！


（七月二五日、土曜日：午後）

パパのことが心配だ。昨日から、すっかり様子が変わってしまった。館に来てからは、さまよえる魂といった感じで、おずおずしていたのに、急に張り切りだしたのだ。少し前も、陰謀をたくらんでいるような顔つきで、ババ・オ・ラムと何か相談していた。今朝、二人はフルゴネットでちょっと散歩に出かけたが（パパの言葉だ）、「散歩」は二時間以上かかった。いったい、何をたくらんでいるのだろう？　ババから何か聞き出そうとしたが、駄目だったので、何も話さないなら、もうぼくの副官じゃないぞと言ってやった（『サインはヒバリ』でドミニックはババを副官に任命した）。まったく、どうなっているんだろう……

ママも、何も知らないので心配顔だ。

パパが探偵ごっこをしたいなどと思わなければよいのだが！　パパに探偵の才能はない。もし、ばかなことを始めたら、きっとぼくのせいだ。


（同じ日の夜）

ますます心配になってきた。

夕食の時、パパはおごそかに予告したのだ。

「明日、皆さんにサプライズがあると約束します」

こんなお芝居は、やめてほしい！


（七月二六日、日曜日：午後）

なんだ、そうだったのか！

パパの「サプライズ」は、なんとクスクス料理だった……

昨日、パパはブリーヴ（ドルドーニュの隣のコレーズ県の都市）まで行って、セモリナ小麦粉、ヒヨコマメ、干し葡萄、激辛のホット・ソースを買ってきて、ババとひそかにクスクスの準備をしていたのだ。

皆に料理をふるまうパパは、儀式の執行者のように厳《おごそ》かで、ババ・オ・ラムも、教会の合唱隊の少年のように真面目な表情だ！　誰もがご馳走を堪能《たんのう》したことは、いうまでもない。

パパ自身は、食欲がないと言って、クスクスをひと口食べただけだった。

ぼくは事情をよく知っているので、キッチンをのぞいて見ると、パパは特大のブーダン（豚の血の腸詰）と、超美味のカスレ（白インゲン豆の肉入りシチュー）を味わっているところだった！


（七月二七日、月曜日：夜の十一時半）

ぼくは、なんとか生きている！　生き残ったのだ。

数日前の未来の家での恐怖の一夜は、さっき体験したばかりの恐怖にくらべれば、たいしたことではなかった。恐ろしいことが起こったあとでも、ぼくがまだ生きていられるのは、ある人物のおかげだった……ありがたいことに。

今日の午後、ぼくは庭園の奥の植え込みを捜索していた。ひげ男が誰であろうと、あの時、やつがそこで何をたくらんでいたのか、気になったからだ。そういえば、懐中電灯の電池が切れていたのに気がついたから、アリューズの町へ行って、ひとつ買っておいた。懐中電灯がないと、探偵稼業は成り立たない！

今夜、十一時十五分前頃、また庭園の入口の扉がきしむ音が聞こえた。誰も見えなかったが、念のため下に降りると、ほとんど無意識のうちに、あの植え込みにまた入りこんでしまった。

すると突然、足音も木の枝がぶつかる音も聞こえず、自分でも気づかなかったのに、握り拳がぼくの首に襲いかかり、つぶやく声が聞こえた。

「好奇心は、必ず罰を受けるぞ！」

ジュシオームだ！

「明かりを消せ！　生きていたけりゃ、大声を出すなよ」

ぼくは懐中電灯を消して、沈黙した。叫びたくても、無理だったのだ！

ジュシオームは、ぼくを離さなかった。それどころか、彼の手はぼくの首を絞めつづけた。見かけによらず、ベナールと同じくらい力が強い。もう少しで、ぼくはあの世行きだ、さらばドミニック！

一瞬、ぼくは両親と、ノエルと、ババ・オ・ラムのことを思った。リュドヴィック学園で、バカンスの直前にぼくに罰を課した国語の先生のことも。課題は、アルフレッド・ヴィニーの詩、「狼の死」（十九世紀ロマン派の詩人ヴィニーの代表作で、人間に捕えられた狼が騒がずに死を選ぶ寓話的な詩）を判読できるフランス語で書き写せというものだったが、まだ出来ていない（判読不能な筆跡にかけては、ぼくがクラスで一番だ）。

詩の代わりに、ラ・フォンテーヌの「狼と子羊」だったら、狼に食べられる子羊の役を今夜実演したところだ！（十七世紀の詩人。『寓話』はフランスの小中学生の必読書で、「狼と子羊」冒頭の一句「最も強い者の理屈は最良の理屈」が有名）

ジュシオームは、ぼくを庭園から離れたいちばん奥の茂みにつれて行って、ささやいた。

「おまえが、おれをつけ狙っていたことは知ってるぞ、ちびすけ。じつは、おれも、おまえをつけ狙っていたんだ。館に隠れていたひげ男を、おれはたしかに見たが、おまえもやつを見たことは、おれが知っている。

（彼の言葉には驚かされたが、どうして、そんなことを言ったのだろうか？）

「でもな」と、ジュシオームはつけ加えた。「おれも、おまえと同じで、ひげ男が誰だか知らないんだ」

突然、樫の大木のすぐそばで、彼は立ち止まると、じっと耳を澄ませてから、つぶやいた。

「聞こえたか？」

「いいえ、何が？」

「足音だ」

ぼくは聴力が鋭いので、たしかに何も聞こえなかったことが、よくわかっていた。彼は、別の誰かが近くにいるふりをしたのだ。

その時、ひげ男はジュシオームだと、ぼくは確信した。

「おまえの懐中電灯を渡せ。明かりは消しておけ」

ぼくは従った。

ジュシオームは懐中電灯を樫の低い枝にくくりつけて、ぼくを幹の後ろに立たせた。

「動くなよ」と、彼は命じた。

長い沈黙。

「やつが来たぞ……」

でも、あいかわらず、何も聞こえなかった。こんなお芝居をして、何になるのだろうか？

「おれがおまえの肩にさわったら、大声で、こう叫ぶんだ。「近づくな！　大声で助けを呼ぶぞ！おまえが誰だか知ってるんだ、ひげ男め！」それと同時に、おれが懐中電灯を点けるから、おまえは木の幹の後ろで、じっとしてろ」

また少し、時間が過ぎた。

今度は、ぼくにも物音が聞こえたような気がした。

ジュシオームがぼくの肩にさわったので、言われたとおりに大声で叫ぶと同時に、ジュシオームが懐中電灯を点けた。

すると、鋭い銃声が続けて二発聞こえ、懐中電灯が粉々に飛び散った。銃弾は、二発とも樫の幹に命中した。幹が太かったのが、ぼくには幸運だった！　ジュシオームは、地面に身を伏せてから、ひげ男に跳びかかった。

「捕まえたぞ！　悪党め！」

暗闇の中で、殴り合いの鈍い衝撃や激しい息づかいが聞こえ、ぼくは身動きできなかった。

突然、ジュシオームが苦痛の叫びを残して、あおむけに倒れた。ひげ男のほうは、急いで立ち去った。

「やつは、柔道の関節技《クレ・ド・ジュードー》で、おれの首を絞めたんだ」と、ジュシオームが言った。「あの世行きだと思ったぜ。さあ、早く、早く」

ぼくたちは超駆け足で館にもどり、ひと息つく間もなく、全員をベッドからひっぱり出した。

さすがに、全員集合だ！　急に起こされて、皆がねぼけまなこだった。

ここだけの話だが、パパとママは、ぼくにこんな「忠告」をしていたのだ——「ますます悪いことが起こりそうだ、ドミニック。何百万もの遺産は、私たちには関係ないから、生きているうちにパリにもどりなさい」などなど。

そんなわけで、遺言書を盗んだのは誰なのか、さっぱりわからなくなってしまった！

ひげ男がベナールでも、ルグローでも、ジュシオームでもないとしたら、いったい誰が？


追記：ぼくは「狼の死」の詩人が、アルフレッド・ド・ミュッセだと思い込んでいた。それならアルフォンス・ド・ラマルティーヌもありだろうか？

アルフォンス？　アルフレッド？

アルフレッドが、よさそうだ。


（七月二八日、火曜日：朝）

秀才のノエルに、詩人のことを聞いてみた。「狼の死」の詩人は、アルフォンス・ド・ラマルティーヌ（十九世紀の詩人）でも、アルフレッド・ド・ミュッセ（十九世紀の詩人）でもなくて、たしかにアルフレッド・ド・ヴィニーだ。やはり「アルフレッド」だったのだ。勘が当たったから、推理も大丈夫だろう！

（ひげ男の予想が外れたので、験（げん）担ぎに「狼の死」の作者の名前を再確認している）

トロンプ・ルナールの館では、恐怖心が皆を支配している。

「なんて運が悪いの！　従弟《いとこ》のトムさえここにいれば」と、ミセス・グレイフィールドは、たえず繰り返している。誰もが誰でも疑って、最悪の雰囲気だ。

マダム・アンジェリーノだけはちがう。いつも、最愛のジョヴァンニとおしゃべりできるのだから……運のいいおばあさんだ！

第3章　スペインの櫃《ひつ》（グラン・シェフの捜査日誌——最終章）

（七月三十日、木曜日：午前十一時）
やったぞ！　すばらしい！
ひげ男を捕まえた！
誰のおかげだと思う？
ババと同郷のカスバだ！
子ヤギのカスバだ！

つまり、ヴィニーの狼を探して、ドーデの（スガンさんの）山羊を見つけたようなものだ！（飼い主のスガンさんに反抗した雌ヤギが狼と闘って倒れる有名な寓話）

いま説明したとおり、ババ・オ・ラムとカスバは、館で離れられない友だちになって、ババは子ヤギに、いつもアラブ語で話しかけていたから、きっとカスバもアラブ語でメエメエ鳴いたにちがいない。カスバはどこにでもババについて行き、彼の手から餌を食べた。

ところが、今朝はカスバがいなかった！

ババが何度呼んでも、返事はない。そこで、ぼくたち三人、ババとノエルとぼくは、子ヤギ探しに出発した。庭園の外の、たぶん三百メートルくらい離れたところまで、茂みという茂みを捜索していると、突然、メエという声が聞こえた。奇妙なことに、ひどく抑えたような鳴き声だった。まるで、地下から聞こえたようだったが、たしかにそのとおりだ！　鳴き声を頼りに探すと、丘の中腹の藪に隠れた地下壕の入口を、ぼくたちは発見したのだ。ババが声を掛けると、子ヤギは悲しそうに鳴いたが、出て来なかった。

「茂みに脚を取られたか、穴に落ちたんだろう。土砂崩れに埋まったかもしれない」

ノエルとババとぼくの三人は、細い坑道に入った。ぼくが懐中電灯で照らして、先頭に立って進むと、道が分かれていた。右か、左か？　右のほうに歩き出すと、すぐに洞穴《ほらあな》に着いたが、中には何も見えなかった。これ以上先に進むのは不可能だ。

さっそく後退開始。分岐までもどって、今度は左に進むと、二番目の洞穴があった。

子ヤギは、そこにいたのだが、他にも誰かいる！

なんと、マダム・アンジェリーノが一緒だ！

哀れな老婦人は、大木の根っこに太いロープでしばられ、さるぐつわをかまされて、低い声でうめいていた。カスバは、後ろ手にしばられたマダムの両手をなめている。

ぼくたちは、ついさっき、マダム・アンジェリーノと別れたところだったのに！　彼女は、あの時とても元気で、肌はバラ色だったし、館の小サロンで、ミセス・グレイフィールドと幽霊の話に花を咲かせていた！

ところが、もうひとりのマダム・アンジェリーノは、数日前から洞穴に幽閉されていたらしい。そのことは、彼女のみじめな状態や、汚れた衣服や、もつれた髪の毛から見てとれた。老婦人の顔は、疲労と恐怖で、すっかりゆがんでいる。近くには、揺り籠と、片手鍋に入った食べ物の残りと、パンのかけらがあった。

マダムのロープをほどいていると、地下道の入口あたりで物音が聞こえたので、ぼくたちは危険を感じて、急いで右側の、最初の洞穴に逃げ込んだ。

ひとりの男とひとりの女が、ぼくたちのすぐそばを通って、奥の洞穴の囚人のほうに向かった。

ぼくはこっそり後をつけて、ふたりの顔を見た。

それはひげ男と、第二のマダム・アンジェリーノだったのだ！

男はすっかり動揺して、動物が吠えるような声で、誘拐されたほうの本もののマダム・アンジェリーノをどなりつけた。

「あんたは、あれがどこにあるか、知ってるんだろう？　スペインの櫃《ひつ》だよ、芝居上手なばあさん！　シャトーで、十日も前からおれたちをからかっていたとは！　もうたくさんだ……それに、あの何にでも鼻を突っこむ悪ガキも、好奇心がありすぎる錠前師もな。さあ、ばあさん、口を割るんだ！　さるぐつわをほどけ、マルゴ！」

第二のにせもののマダム・アンジェリーノが、さるぐつわを外した。

「これが最後だ。櫃《ひつ》は、どこなんだ！」

囚われの身の老婦人は、すっかり消耗して、恐怖で死にかけている。泣きじゃくるだけだ。

「話さないなら、しかたがない！」と、ひげ男が叫んだ。「また、さるぐつわをはめろ、マルゴ！」

二粒の水滴のように（慣用句）そっくりな二人の女性が、向かいあっている場面は、まるで幻覚を見ているようだった。

ぼくたち三人で、いったい何ができるだろうか？　そうだ、まず、知らせに行くんだ！　十分後、ぼくは館まで行って、男性たちを全員連れてくることにした。皆が棍棒や火かき棒や鉈《なた》を握っている。職人のひとりは、アリューズまで走った。憲兵隊に通報するためだ。ノエルとババは、地下道の入口で見張りをして、ぼくが館の皆と一緒にもどるのを待っていた。一連隊が到着すると、ベナールが警告を発した。彼はひげ男ではなかったのだ！


「出てこい！　もう、逃げられんぞ！　降参しろ！」

返事がない。

発煙筒を投げ込んでもよかったが、誘拐された老婦人が人質だ。

この場で待機して、犯人たちが飢えて出て来るのを待つべきだろうか？

ベナールは短気だった。

「私が洞穴に入って、やつらを追い出そう」と、彼が言う。

「それは危険だ。敵は、銃を持ってます！」と、ジュシオームが叫んだ。「ぼくは知ってるんです、ドミニックも！」

「発砲はしないさ。ギロチンの世話には、なりたくなさそうだ（ギロチンによる最後の処刑は一九七七年）」と、ベナールが答える。

そう言って、ベナールが突入すると、奥の洞穴で恐ろしい乱闘が始まった。ひげ男は、信じられないほど軽やかな身のこなしで、つぎつぎとパンチを繰り出したのだ。ベナールにひけをとらない剛腕だ！　共犯の女性、つまり、にせもののマダム・アンジェリーノも、敵対心をあらわにして、狂ったように暴れまわる。おとなしくさせるために、ベナールがストレート・パンチをお見舞いすると、彼女は、ばったりと倒れた。

そのすきに、ひげ男は洞窟から地下道に抜け出して、イノシシが巣穴から出るように、とうとう姿を現わした。だが、出口では、館の男性たちが全員で、ひげ男を半円形に取り囲む。土木工事の職人や石工や指物師も合流していた。

荒くれ男たちが、掘削棒《ディッギングバー》や、ハンマーや、斧さえも握りしめて振りかざすのを見て、さすがのひげ男も戦意喪失だ！

そこへ、憲兵隊が駆け足で到着した！

「万事休す！　私の負けだ」

男が自分で、あごと口からつけひげを剝がしたので、ひげ男の正体が、やっとわかった。

ユリイカ探偵社代表、ジュリアン・ルグローだ！

あの軟弱で、ノエルの言葉によれば「脂肪のかたまり」の五十代のオジサンが、あれほど剛健で、あれほど敏捷だとは、いったい誰が予想できただろう？　未来の家でひげ男とはちあわせした夜のことを思い出すと、ぼくはぞっとした。よく生きのびられたものだ！

そして、にせもののマダム・アンジェリーノはルグローの妻のマルゴで、彼女は、ぼくたちが館に着いた時から、善良な老婦人の役を演じていたのだった。

いったい何が起こったのか、てみじかに書きとめておこう。

探偵ルグローは、蜜蜂《アベイユ》の塔で遺言書を奪い、ファイユームは死んだと思って放置したまま、妻と一緒に、自動車でアリューズにやってきた。（そのあいだ、ぼくたちは単純にも、彼がイル・ド・フランス地方で僧院《アベイ》探しに出かけたと思い込んでいた！）

ほんもののマダム・アンジェリーノが忘れたふりをしていたのか、ほんとうに忘れてしまったのかは不明だが、ルグローは、彼女から櫃《ひつ》の隠し場所を聞き出せなかった。そこで、彼が選んだ解決法は、ただひとつ、老婦人を誘拐して脅迫し、そのあいだ、彼の妻マルゴがマダム・アンジェリーノになりすますことだった。ルグロー自身によるメーキャップは、まさに完璧だ！

マルゴは、こうして、誰にも気づかれずに、夫の櫃《ひつ》探しに協力することができた。老婦人はひとり暮らしで、めったに外出しないし、日頃から、ほとんど誰とも会わなかったので、ぼくたち訪問者をだますのはたやすいことだった。

毎晩、二人の共犯者は洞穴の囚人に食料を届けて、櫃《ひつ》を隠した場所を白状させようとしたのだ。だから、ルグローの妻は、ポスターから切り取ってひげと黒眼鏡を書き込んだ夫の写真を見せられた時、知らないふりをしたうえに、写真をベナールそっくりに修整したというわけだ。ぼくは、まさに狼の口に跳び込む危険を冒していた！　それと同時に、ルグローが怪しいとぼくに思われていることを、彼女は察したことになる。

犯人はルグローだと知って、誰もがあっと驚いたが、いちばん愕然《がくぜん》としたのはフェスタラン師だった。

「きみか、きみだったのか！」と、フェスタラン師は繰り返した。「きみには全幅の信頼を寄せておったのに！　今までは、誠実に探偵の職務を果たしていたから、今回の相続人と遺言書の捜索をきみに依頼したんだが、まさか、まさか、こんなことになるとは！」

「説明しにくいんですがね」と、ルグロー。「もちろん、潔白だなんて言うつもりは毛頭ありません。たしかに、今までは、探偵稼業を、これ以上はないほど良心的に続けてきましたよ。ただ、ファイユームを尾行して、というより妻に尾行させて、蜜蜂の塔にたどり着いて、気持ちが変わったんです。すべてが始まったのは、あの乱暴者が遺言書を奪って逃げようとしたので、パンチを一発喰らわせて倒した時からです（ファイユームは蜜蜂の塔から追われて遺産探しから脱落）。私の置かれた状況と精神状態を想像してくださいよ。足もとには、あの男が倒れて横たわり、てっきり死んだと思ったのです。私の指のあいだには、そう、遺言書があった……この書類を手にしたのは誰か、それを知る者は世界中にひとりもいない、そう、私以外には。そして、この書類には、莫大な遺産の隠し場所が書かれている。つまり、途方もない大金が、私の手の届くところに隠れているんです……私立探偵のみじめな苦行をご存知でしょう？　他人の財産の情報を実直に調べたり、嫌気のさす、醜悪な尾行に明け暮れたり……そんな私に、突然、誘惑が降って湧いた。みじめな人生から抜け出して、新しい人生を始めるための手段が、目の前にあるんですから……」

「だからと言って！……だからと言ってだね」と、フェスタラン師。「あれほど正直な男が、どうして、そこまで堕落できたんだ？」

「なにもかも、打ち明けましょう」と、ルグローが答える。「私の過去は輝かしいものではなかった。

少年時代から悪い友だちがいて軽犯罪《デリ》を繰り返し、警察や裁判所のご厄介になったのです。その後、更生した私は正直者になったつもりでした。ところが、どれほど努力しても、過去は消せない。過去は第二の人生を奪う盗賊のようにつきまとって、私に襲いかかり、あの大金が頭の上にぶらさがった瞬間、私をまた捕まえたのです！　私は、もうあなた方の知っているルグローではなくて、前科者のルグローにもどってしまった……」

告白が終わらないうちに、ママがルグローに立ち向かった。

「あなたは怪物よ！　ばけものだわ！　うちの息子が死ななかったからといって、あなたの罪は消せない。あの晩、あなたは息子を、拳銃で二発も撃ったのよ。まだ中学生なのに！　よくそんなことが……」

「ちがうんです、マダム」と、ルグローが哀れっぽい微笑を浮かべて、弁解する。「ドミニックを狙ったわけじゃない。懐中電灯を撃ったんです。電灯は、息子さんの背たけより上の方に見えたし、風に吹かれて動いたので、木の枝にくくりつけてあると見当がつきました。これは罠《わな》だ、ドミニックは樫の幹の後ろにいるから、弾《たま》があたる危険はない、そう確信したのです」

ママとルグローがやりあっているあいだに、二人の憲兵が、マダム・アンジェリーノを地下から救出した。もちろん、本人だ。身体《からだ》だけでなく、心も傷つけられている。ろくな食事もさせてもらえず、すっかり弱っていたが、心理的動揺がひどくて、うわごとを口走っていたから、すぐに館にもどってベッドに寝かされた。医者が呼ばれて診察すると、心不全の疑いがあり、精神を安定させて心機能を維持するために、数回注射を打たれた。

ぼくたちは、全員が大サロン兼図書室に集まった。憲兵たちも、手錠をはめられたルグロー夫婦も同席している。

ぼくは、その様子を大至急手帖にメモした。

皆は、ぼくが何を書いているのか、不審そうな顔つきだ、とくに憲兵は。

誰もが、蠟人形のように凝り固まって、サロン全体がグレヴァン蠟人形館（パリ名所で歴史上の人物や有名人の蠟人形を展示）の雰囲気だ。

でも、忘れてはいけない。スペインの櫃《ひつ》がどこにあるのか、まだ誰も知らないのだ。

マダム・アンジェリーノは、彼女の心臓がもてば、三十分くらい休んだら話してくれるだろう。櫃《ひつ》の在り処を知っていればの話だが……

そう思うと、急に、足がむずむずしてきた。もう、このサロンで、黙りこんだおとなたちと一緒にはいられない。行動あるのみだ。だが、何ができるだろう？　ぼくは、突然、ひとりきりになりたい気持ちになった。自分がひどく無力で、何をやってもうまくいかない失敗者のように思えたのだ。

（同じ日：午前十一時十五分）

ぼくは大サロン兼図書室をあとにして、小サロンに閉じこもり、そこで、探偵として大失敗したことを悟った。

今まで、ぼくはすべてを発見した、塔も、館も。だが、それだけでは、何も見つからなかったのと同じことだったのだ！

あの櫃《ひっ》、探偵ルグローを怪盗に変えた、あの莫大な遺産の入った大きな箱がみつからなければ！

でも、まだ見つからない。ぼくはしくじった！

奇妙な思いつきが、脳の中を駆けめぐる。論証や推理で、土木工事の職人や石工がハンマーやピッケルでたどりつけなかった謎解きに、はたして成功できるものだろうか？　頭脳は、ピッケルの先端より有能なのだろうか？

そんなことを考えているあいだ、医者はマダム・アンジェリーノの寝室と大サロン兼図書室を、何度も往復していた。心臓が持ちなおして、マダムの容体は回復し、十五分もすれば、話せるようになるという。

ぼくは、すでに、彼女が櫃《ひつ》の在《あ》り処《か》を知らないということはありえないし、そんな仮定は受け入れられないと、手帖に書いておいた。そこで結論。マダム・アンジェリーノは、盗賊たちに芝居《コメディー》を演じたのだ。つまり、本当は正常なのに、認知力が薄弱なように見せかけたのだが、それは、彼女の夫の親友だったギヨーム・アヴリルの聖なる遺産を守るためだった。秘密を漏らすくらいなら、あの地下の洞穴で殺されるか、飢え死にするほうを選んだだろう！

だから、あの櫃《ひつ》を、マダムが自分の意思で隠したことは、ほぼまちがいない。問題なのは、彼女がみごとな作戦を実行して、誰にも気づかれない場所に、それを隠したことだ。

でも、ぼくは？　グラン・シェフのぼくでさえ、なぜ気がつかなかったのか？

老婦人の脳が思いついたことなら、ぼくの脳だって思いつけるにちがいない！

ぼくは、孤独な年寄りの身になって、自分なら、どこに大事な櫃《ひつ》を隠すだろうかと考えてみた。

ぼくなら、どこに隠そうか？

ぼくの分身、名探偵グラン・シェフとの対話が始まる。

「グラン・シェフ、難問解決に残された時間は、あと十五分！　もっと短いかも？……医者が帰ったところだ。マダム・アンジェリーノの容体は、すっかり落ち着いたらしい。だから、正解発見まで十分しかないぞ。がんばれ、探偵の名誉のために！　それから、推理の正しさを確信するために。グラン・シェフ、きみに二スー（旧貨幣一フランが百スー、二スーは二銭にあたる）の才能があれば、いまこそ、一か八か、才能を発揮する時だ！」

「エドガー・ポーを思い出せ。古い新聞記事を読んだだけで、ポーは推理と論証で、アメリカの警察が解決できなかった難解な殺人事件を解き明かしたじゃないか！」（原注1：『マリー・ロジェの謎』／ニューヨークで起こった殺人事件から着想した作品で、不可解な事件を探偵デュパンが新聞報道の矛盾を突いて分析する）

「レッツゴー、我がフランスのシャーロック・ホームズ、あと、ひとがんばりだ！」

「きみなら、櫃《ひつ》をどこに隠す？　きみなら？」

「プールの底かな？　手間がかかりすぎる……どこにも通じていない階段の下かな？　まったく現実的じゃない」

「医者が、また通った。五分後に、警察がマダムを尋問するだろう。難問解決まで、あと五分だ。グラン・シェフ、一分でも遅れたらおしまいだぞ！」

（一分後）

ぼくはスペインの櫃《ひつ》を見つけた！！！

（同じ日：正午）

発見のヒントは、やはり、エドガー・ポーの小説だった。大臣の邸宅で、パリ警察が全力で秘密の手紙を探すが発見できなかった、あの物語だ（原注2：『盗まれた手紙』）。すごく面白くて、十回以上読んだので、いくつかの文章を暗記しているほどだから、探偵デュパンの言葉を引用しておく。

「おそらく、事態の単純さそのものが、諸君を誤りに導いたのだ。おそらく、秘密というやつは、あまりにも明快すぎるか、あまりにも明白すぎるものなのだよ。

大臣が誰からも気づかれないように、手紙を世間のすぐ鼻先におくことが可能だとは、警視総監は夢にも思わなかったのだ。

だが、大臣の大胆な、しかも分別にとんだたくらみを考えれば考えるほど、ぼくは大臣が手紙を隠すために、いちばん思慮深い方法を採用したことがわかってきた。それは、手紙を少しも隠そうとしないという方法なのだ」

何かを隠すための最良の方法は、それを隠さないことだ！　何かを「見えなくする」には、それを誰でも見えるところに置けばよいのだ！

そこで、ぼくは、マダム・アンジェリーノがいつも使っていた、この小サロンを見まわした。そして、ついに見つけたぞ！

ぼくは立ち上がって、ポケット・ナイフを開き、数本の絹糸と撚《よ》り紐《ひも》を一本切ってみた。すると、たった十秒で謎が解けた！

ぼくは大サロン兼図書室にもどった。館の全員が、マダムが現われるのを待っている。
そこに、ぼくは爆弾を投げつけた！

「皆さん、スペインの櫃《ひつ》の隠し場所がわかりました！」

そのあとの様子は、忘れられない！

「あなたは天才よ、マイ・ボーイ。イギリス人だったらよかったのにね！」と、ミセス・グレイフィールドが感激して叫ぶ。「スコットランドヤードで、大出世まちがいなしよ。イギリスにいらっしゃいな。従弟《いとこ》のトムがあなたと握手できて、きっと誇りに思うでしょう……」

ぼくが先頭に立って、皆が、ルグロー夫妻さえも、小サロンに向かう。

隠し場所は、ラブソファ（カクトゥーズ）だ！

あの櫃（ひつ）は、ぼくたち全員が始終目にしていて、その上にすわることもできたのだ！　でも、誰にも気づかれなかったのは、隠し場所は、もっと複雑で、もっと近づけないようなところだと思い込み、サロンに足を踏み入れたらすぐに目につくとは、予想もしなかったからだ。スペインの櫃《ひつ》といえば、巨大な錠前付きで、食卓くらいの高さの、昔から伝わる大きな箱だと、誰もが想像していた。実際には、ラブソファに見せかけた櫃《ひつ》は細長くて、奥行きは三十センチくらいで、案外軽かった。マダム・アンジェリーノは櫃《ひつ》に四本の脚とS字型の傾いた背もたれを付けてから、綺麗な布で全体をくるみ、その上にクッションを縫いつけたのだった。これで、マジックは完成だ！

布をはがすと、櫃《ひつ》の錠前には鍵がかかっていたから、壊さずに箱を開けるには錠前師ジュシオームの協力が必要だった。大役をまかされた哀れな青年は、持参した鍵束の鍵や、先の曲がった針金などで試してみたが、なかなか開かないので、四十度もの熱が出たかのように、指先がぶるぶる震えている。

それでも、やっと櫃《ひつ》の蓋が開いた！　一九〇七年発行の五百万フランの債権で、はちきれそうだ。ところが、なんとその時、異常な事態が発生して、相続人たちのうれしそうな顔は、突然、全員のがっかりした表情に一変したのだ。足もとに雷が落ちたように、皆の全身が硬直している。

誰かが、思わず笑いだした！　もちろん、苦笑いだ。ルグローだった！

「ロシアの債権だ！　ロシアの債権だったのか！　こんな紙切れのために、おれは悪党になったし、殺人犯にもなりそうだったのか！　ロシアの債権とは！……」

ノエルとババとぼくには、何のことかわからなかったので、誰かが説明してくれた。

ロシアは、皇帝《ツァーリ》ニコライ二世の時代にフランスで債権を発行し、多くのフランス人が、銀行などの預金でロシアの債権を買った。ところが、一九一七年、ロシアに社会主義革命が起こって帝政が打倒され、新政権は旧制度の負債や債券を、すべて無効にしたのだ。その結果、ロシアの債権に出資したフランス人には一フランも、もどってこなかった。

だから、相続人たちのギヨーム（大）伯父さんの数百万は、まさに、ゼロフラン・ゼロサンチームの価値しかないというわけだった！

「そんなばかな！　信じられん！」と、サンテーグル氏までが繰り返した。「全財産をロシアの債権に変えてしまったとは！　割れやすい卵を全部同じ籠に入れるようなものだ！（資産を分散せず唯一の投資先に移す危険を戒める慣用句）

ほら、この債権を見たまえ。ロシア語で、ルーブル、コペイカなどと書かれた美しい紙切れだ。一枚失礼して、記念にとっておこう。誰も気にしないだろうが……」

デュクリュゾーは、思考力を完全に失って、夢遊病のような声で、劇のせりふをつぶやいている。

「いかにして純金が、卑しい鉛に変わりしか？」

彼は、いつものように、作家と作品の名前、劇の幕と場の番号を告げようとしたが、急に口ごもった。「ラシーヌ……いや、コルネイユだったかな……いや、ちがう！」

どうしても思い出せないのだ（ラシーヌ『アタリー』第三幕第七場）。

デュクリュゾーは、もう可能性が消えた劇の上演を、ジュシオームは、もう開店できなくなった錠前工房を、それぞれ、くやしそうに思い浮かべた。ミセス・グレイフィールドは、いちばん落ち込んでいた。彼女は、ロンドン郊外の貧しい子どもたち全員に、太陽と健康と喜びを提供したかったのだ……ノエルは、もちろん、たいしたことを期待していたわけではなかった。ぼくもそうだが、彼はお金には関心がなかったのだから。でも、彼以外の三人の相続人の立場になれば、彼らの美しい希望は飛び去って、煙のように消えてしまったことになる。希望は、二度ともどらないだろう。

でも、ぼくを悩ませているのは、それとは別の問題だった。別の謎、別の不可解な秘密がぼくをあざ笑っているのを、見すごしているような気がするのだ！

蜜蜂の塔に隠された遺言書、それに、財産の隠し場所を指示する割れたレコードなどという、ありえないような話は、矛盾だらけではないだろうか！　今回の捜査を始めた最初の日から、ぼくは、この話にはもっと単純な説明が存在するはずだと確信していた。

ヒントをくれたのは、ルグローだった。

「探偵同士だから打ち明けるが、フランスのシャーロック・ホームズ君、この事件の説明は、じっさい、子どもっぽいほど単純で、ひと言でいえば、こういうことだよ。われわれ全員が信じていたように、あのレコードはギヨーム・アヴリルが遺言書を隠した後に録音されたのではなくて、隠す前に録音されていたのだ。

見張りの憲兵の許可を得て、ルグローは札入れから、二つの書類を取り出した。

「こちらが、ギヨーム・アヴリルの遺言書と、それに付いていた自筆の手紙ですぞ」

同席していたフェスタラン師が大声で読み始めた。それは、ギヨームがフェスタラン師の父オーギュスタンに宛てた手紙で、読み進めるうちに、師は感動を押さえきれず、声がますます震えてきた。

ギヨーム・アヴリルが書いた公証人宛の手紙の文面は、次のとおりだった。

クレシー・アン・ブリ、一九一四年九月六日、夜

我が親愛なる公証人先生

私は現在、任務でフランス国内の英軍部隊に配属され、数人の兵士とともにクレシーで敵に前進を阻まれています。兵員数も装備もはるかに勝る独軍が、いつでも奇襲を仕掛けられる情勢なのです。我が軍の方は、明朝、一人の兵士も日の出を拝めるとは言えない状況であります。

そうした事情で、私は自分が許し難いほど怠慢であったことに気づいたのです。私は遺言書を作成せずに、今回の戦争に従軍したのですが、これ以上愚かなことはありません！ とはいえ、言い訳を

二つさせていただければ、ひとつは、若気のいたりですが（若い時は、誰でも不死身だと思い込んでいます）、もうひとつは、私が、遠縁の親族をひとりも知らないことです。というのも、私の父は、かなり以前から、一切の親戚付き合いを断っておりました。

もし、運命が私の死を望んだとしても、私の死後、アヴリル家の親族たちが私の遺産を他人に奪われるようなことは不正で、不条理なことです。それゆえ、私は昨晩、一通の自筆遺言書を先生宛に郵送いたしました。ところが、なんという災難でしょう！　軍事郵便車が敵の砲火を避けて走行中に、一発の砲弾を受けて全焼してしまったのです。我々は外部とのあらゆる連絡を断たれてしまいました。そこで、私は遺言書の写しを自筆で書いて、今回の書簡と同じ封筒に入れて、クレシー近辺の蜜蜂の塔に隠しておくことにしました。我が軍は、目下、この塔の足もとに立てこもっております。

なぜ、古い塔に遺言書を隠すのかと、不審に思われることでしょう。その理由は、まず、現在の戦況では、それ以外に遺言書を守る方法がないからです。次に、お笑いになるでしょうが、この塔は、私にとって、たいへんなつかしい想い出と結びついているのです。お忘れになったかもしれませんが、ある時、私は先生に、失恋のほろ苦い体験を打ち明けたことがありました。当時、私は、クレシー・アン・ブリのシモーヌ・クレラックという名の少女に恋していたのです。クレシーでバカンスを過ごした折に知り合ったのですが、いつか、彼女を妻とすることを夢見ていました。ところが、その後、彼女は別の男と出会い、私のことなど、すっかり忘れてしまったのです！

さて、私が十八歳、シモーヌは十七歳の頃、二人は時々、蜜蜂の塔の内部で密会していました。私たちは夢のような将来の計画を立て、私は詩をくちずさみました。そして――お察しください。二人とも、まだ子どもだったのです！――私は、塔の床板の下に、秘密の隠し場所を作ることを思いつきました。おたがいに夢物語のような恋文を書いて、そこに隠したのです。その結果、この古い塔は、二人の郵便箱兼私書箱として役に立つことになりました。

とはいえ、先生は不審に思われるでしょう。なぜ、二度と発見されないという最大の危険を冒してまで、遺言書をそんな場所に隠したのか、と。

じつは、私の記憶が正しければ、今から一年半前の一九一三年二月、私はパリで、親しい友人たちと、アントワーヌ・ベナール（館に滞在中のベナールの父）という共通の友だちの家を訪れたのです。ムッシュー・ル・プランス通り六十番地（著者ヴェリーの古書店「ゾディアック」は五二番地）のその邸宅で、私たちは、録音盤（ディスク・フォノグラフ）に自分たちの声を録音する気晴らしを楽しみました。シャンソンを歌う者もいれば、漫談を朗々と語る者もいましたが、私は突拍子もないことを思いつきました。それは、自分の遺言書をあの塔に置いてきたと、おごそかに告げて録音するというアイディアでした。繰り返しておきますが、その時点では、私の遺言書など存在していなかったのですから、すべては、悪ふざけにすぎなかったのです。

ところが、運命のいたずらでしょうか、私は、冗談では済まない冒険に巻き込まれることになりました。戦場で死の危険に瀕して、私は、なんと、クレシーにたどり着いてしまったのです。それも、蜜蜂の塔の真下に！

我が親愛なる先生、私自身は、いつも、一切の迷信から身を守っておりますが、これほどの偶然の一致が起こると、そこには、不安な〈予兆《サイン》〉が競合しているように思えてしまうのです。

アントワーヌ・ベナールは、あの時の録音盤をたしかに保管しているはずですから、いつのことかわかりませんが、私の告白を聞いた誰かが、あの古い塔までやってきて、録音のあとで書いた私の遺言書を探そうとするかもしれません。

どうか、神のご加護がありますように……

もちろん、私が死をまぬかれたら、できるだけ早く、遺言書の別の写しをお送りします。

我が親愛なる公証人先生、謹んで、ご健勝とご発展をお祈りいたします……


「おわかりかな」と、ルグローが続ける。「レコードは、遺言書が塔に隠されてから、録音されたわけではなかった（それは不条理な仮定だ）。その反対に、遺言書がそこに隠されていると告げたレコードが、あらかじめ録音されてから、そのあとで書かれた遺言書が、塔に隠されたのだよ。どうだい、フランスのシャーロック・ホームズ君はご満足かな？」

重苦しい沈黙が支配する。

悪ふざけか、頭のおかしい人物の仕業と思われた不可解な出来事は、じつは、死の影と、甘美な思い出と、後悔の念が混ざりあう感動的なストーリーだったことに、その場の全員が気づいて、往時に思いをめぐらせている……

足音が聞こえて、沈黙が破られた。医者が入ってきたのだ。

「マダム・アンジェリーノは、すっかり回復されました。マダムが、ここまで降りていらして、あのスペインの櫃《ひつ》をどこに隠したか、ご自分でお話しくださいます」

その瞬間、医者の視線は、大きく開かれた櫃《ひつ》と、山積みされたロシアの債権の上に注がれた。

「まさか、これは驚いた！」

数秒後、マダム・アンジェリーノが入ってきた。

「あらまあ！……やっと見つけたのね！　大切に隠しておいたのに！」

すぐあとで、彼女が皆のがっかりした顔に気づいたので、公証人は、現在では何の値打ちもないロシアの債権ばかりでしたと説明する。

「ええ、そうよ、もちろん知っていたわ。でも、まだ全部見ていないでしょ？」

マダムは櫃《ひつ》から債権を取り出し、紙切れの束を何度も重そうに抱えて、床にぶちまけた、まだ彼女に残っていた、うら若き乙女の笑い声を響かせながら。

「まだ、これがあるのよ。ギヨームが見せてくれたの、ジョヴァンニと私にね……」

債権の最後の束を彼女が取り出すと、櫃《ひつ》のいちばん底に、それはキラキラと輝き始めた、まるで太陽を閉じ込めておいたように。


ダイヤモンドだ！


ロシアの債権は、すばらしいダイヤモンドの粒を無数に敷きつめた櫃《ひつ》の底に積まれていたのだった。ヘーゼルナッツくらいの大きさのものもあった！（直径1センチ前後だと約4カラット）苺狩り用の大きな籠が、いっぱいになりそうだ！

ジュシオームとデュクリュゾーは、ひきつったように笑い出し、驚きは、やがて感激と歓喜に変わった。

ミセス・グレイフィールドはひどく仰天して、ダイヤモンドが彼女にとって何の意味があるのか、マダム・アンジェリーノにフランス語で説明しようとして、言葉を探すのに苦労している。

その時、まったく思いがけないことが起こった。

「貧しい子どもたちですって?」と、マダム・アンジェリーノが聞きなおしたのだ。「そういえば、世の中には子どもたちがいるのよ! すっかり忘れていたなんて、不思議ね」

彼女は、もの思いにふけっている様子だ。

「ミセス・グレイフィールド」と、ようやく言葉が出た。「いままでの私は、自分でも許せないほどエゴイストだったことが、やっとわかりましたわ。過去の想い出にひたりながら、私はこれまで、自分のためだけに生きてきたのです。でも、あなたは、いまという時間があることを思い出させてくれました。いまを生きる人たちのことを! 私は、何年も前から、この館の修繕に大変な額のお金を使ってきたのだけれど、あのお金は、幸せになれない人たちを幸せにするために使うべきだったのね」

それから、マダムはうつろな視線を、櫃《ひつ》、つまりあのラブソファのほうに向けた。はるか昔から、そこには、最愛のジョヴァンニの亡霊の席がいつも用意されていたのだ。彼女は、にっこり笑ってささやいた。「そうよ、ジョヴァンニ、あなたの言うとおりだわ。〈未来の家〉は、すばらしいアイディアだったけど……」

そして、また、ミセス・グレイフィールドにむかってつぶやく。

「よろしければ、ミセス、私の財産をあなたが受け取る遺産と一緒にして、あなたの夢を実現しましょうか? 子どもたち、そうね、たくさんの子どもたちをここに連れてきてくだされば、あとはおまかせしますわ。そうすれば、陰気だったシャトーもガーデンも、遊びまわる子どもたちのにぎやかな歓声と笑いで、すぐに満たされるでしょうから。私はトロンプ・ルナールを〈過去の家〉にしてしまったの。これからは、この館《やかた》が、全部〈未来の家〉になるわ。子どもたちのいない未来なんて、いったい何なのでしょうね?」

サロンに集まった皆が、すっかり感動している。

あの謹厳なフェスタラン師でさえ、対面をとりつくろって、思わず咳払いしたほどだ。

ぼくのママは、窓辺に近づいて、外を見ている様子だ。

でも、見ているふりだけだと、ぼくにはよくわかっていた。

ママは、目に涙を浮かべていたが、皆に知られたくなかったのだ……

(最後の一分間)

四人の相続人たちは、事件解決のいきさつを考慮して、ママ・デュラックにダイヤモンドの粒がキラリと光るティアラの冠をプレゼントすることにした。まるで女王様のようだ。

ママは、笑顔が絶えない。

「女王様ですって! それじゃあ、ロイヤル・スマイルよね!」

パパは、パリのレストランのことが気がかりだ。

「メルシー・ボーク——! でも、このティアラをどうしようか? 店のメニューには、もうパシャのターバンがあるし!」(レストラン・デュラックの名物デザート)

訳者あとがき

Ⅰ・本書について

原書初版表紙
（訳者蔵書。以下同）

『アヴリルの相続人　パリの少年探偵団2』は、フランスの作家ピエール・ヴェリー（Pierre Véry 1900-1960）がジュヴナイル・ミステリとして執筆、アシェット社から「緑の図書館」文庫の一冊として一九六〇年に出版された探偵小説 Les Héritiers d'Avril（Hachette, Bibliothèque verte）の全訳です（「アヴリル」には「四月」の意味もありますが、ここでは人名です）。献辞のレモ・フォルラーニは劇作家・批評家で、当時ジュニア向け雑誌『ル・ピロット』の発行に関わってヴェリーと親交があったようです。その後、一九八七年にはアカデミー・フランセーズ演劇大賞を受賞しています。

本書の副題を「少年探偵団2」としたのは、論創海外ミステリの前作『サインはヒバリ　パリの少年探偵団』の続編となっているためで、前作の主人公たち、ドミニック、ノエル、ババ・オ・ラムの

パリのユリイカ探偵社

ドミニック、ノエル、ババ・オ・ラム

「知恵と勇気の少年探偵団」が、「グラン・シェフ」ことドミニックを中心に今回も大活躍します（「あとがき」の挿画は原書から引用）。

ひとまず、原書初版掲載の「あらすじ」を訳しておきましょう。

われらの〈グラン・シェフ〉、ドミニックと彼の親友ノエルとアリ（通称ババ・オ・ラム）の三人は、謎解きと冒険が大好きだ。

ギヨーム・アヴリルの莫大な遺産は、いったいどこに見つかるのか？　彼はなぜ、四十年以上前に、遺言書を古い塔の床板の下に隠したのか？　その塔は、いったいどこにあるのか？　彼はなぜ、遺言書の在《あ》り処《か》を一枚のレコードに録音したのか？　なぜ、レコードが半分に割れて、メッセージが解読できなくなったのか？　数々の謎を、ドミニックは波乱万丈の危機を乗り越え、ヤング・ホームズを思わせる推理で解き明かすのだ。

もう少し詳しく紹介すれば、物語は一九六〇年パリ、ユリイカ探偵社の一室から始まります。第一次世界大戦で一九一四年秋に戦死したフランス兵ギヨーム・アヴリルは、死の間際に戦地で一通の手紙を口述したのですが、不思議な偶然が重なって、なんと数十年後にパリの公証人のもとに届きます。この手紙には、アヴリルが巨額の財産を、子孫のため

パリからクレシーへ向かう少年探偵団の車列

病床で手紙を口述するギヨーム

にどこかに隠したと書かれていました。この不確実な遺産の情報をめぐって、さまざまな境遇の相続人たちが呼び出されますが、結局、遺産の隠し場所を記した遺言書の在《あ》り処《か》をアヴリル本人が録音したレコードが判読不能になっていることがわかり、彼らの期待は裏切られてしまいます。そこで登場するのが、われらが名探偵ドミニックです。というのも、アヴリル家の初代はノエル・アヴリルで、少年探偵団のノエルは子孫のひとりだったのです（アヴリル家系図参照）。

こうして、ドミニックたちは、ほとんど意味不明な録音からギヨーム・アヴリルの遺言書と遺産の隠し場所を探し出すという超困難な謎解きを、ユリイカ探偵社の私立探偵ルグローと競い合うことになります。そして、ドミニックのパパとママはシトロエンのフルゴネット（『サインはヒバリ』に登場したライトバン）、ノエルのパパは高級車キャデラックを走らせて協力し、パリの少年探偵団は、イル・ド・フランス地方のチーズで有名なクレシー・アン・ブリの古い塔から、先史時代の壁画で知られるラスコー洞窟のあるドルドーニュ地方の城館へと導かれるのです（フランス全図参照）。

ところが、不思議なマダムが小ヤギと住むこのミステリアスなシャトーには、なぜか、黒眼鏡にひげ面の怪人物が待ち受けていました……。ギヨーム・アヴリルの莫大な遺産は、はたして相続人たちのものになる

黒眼鏡にひげ面の怪人物

ドルドーニュのミステリアスなシャトー

でしょうか？　それとも……？

前作『サインはヒバリ』では、誘拐された仲間のノエルを探して、ドミニックとババ・オ・ラムが、プードル犬プートニク・ドゥとともにパリの街をさまよい歩きますが、『アヴリルの相続人』では、三少年はレトロモダンなパリをあとにして旅立ち、数百キロ離れたドルドーニュ地方の秘境にたどり着きます。フランスの田舎の奥深い魅力が実感される旅日記風の展開も手伝って、本作は世代を越えて楽しめるアドベンチャー・ミステリーの傑作となり、初版から半世紀以上過ぎた今日なお、多くの読者を獲得しているのです。

ピエール・ヴェリーは、一九六〇年十月十二日パリで、六十歳で急逝したため本書が生前最後の作品になりました。なお「ドミニック」と「ノエル」は、ヴェリー自身の長男と次男の名前でもあり、ノエルは著名な映画カメラマンです。

＊原書出版の事情について

『アヴリルの相続人』が『サインはヒバリ』の続編的な作品であることは、少年探偵団の年齢設定からも読み取れ、たとえば、前作で十一歳だったノエル君は、本書では十四歳に成長しています。アシェット社の「緑の図書館」文庫に入ったのも『アヴリルの相続人』は『サインはヒ

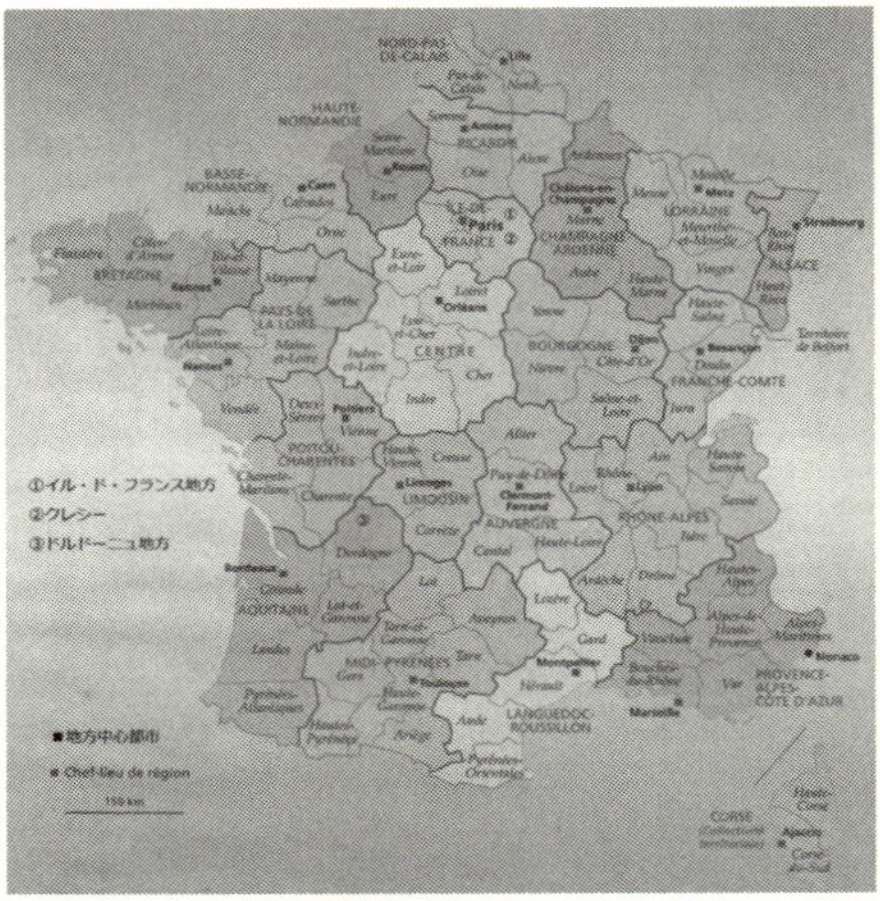

関連フランス全図：パリ→クレシー→ドルドーニュ
LE PETIT LAROUSSE ILLUSTRÉ 2000

バリ』より数か月後の一九六〇年夏ですが、初出は前年の『ル・ピロット』誌でした。

『アヴリルの相続人』雑誌版は、イラスト満載のジュニア版週刊誌『ル・ピロット（飛行士パイロットの意）』に創刊号（一九五九年十月二九日号）から第二二号（一九六〇年三月二四日号）まで、連載小説《フィユトン》として掲載されました。フィユトン執筆は『アステリックス』などの漫画《バンド・デシネ》の原作者として世界的に有名なルネ・ゴシニーの要請によるもので、人気作家ヴェリーのスケールの大きさがうかがえます。雑誌版と書籍版では細部が若干異なるようですが、前述のとおり本書は一九六〇年アシェット版の全訳です。

＊割れたレコードの解読について

本書の「謎解き」の核心は通常の暗号解読ではなくて、情報を伝える不完全な録音の解読にあります。つまり、割れたレコードから半分だけしか聴き取れないメッセージを正確に修復しなくてはならないのですが、そのためには、途切れた（フランス語の）「音声」を正確に「文字化」する必要があります。わかりやすい例では、レコード（録音盤）溝7番のestamentはtestament（遺言書）の最初の文字tが欠落しているので、邦訳では「イゴンショ」としました。また、キーワードのtour

（トゥール）はcour（クール）と一字ちがいで発音も重なっていますが、意味は「塔」と「中庭」で、まったく異なります。そこで、溝9番は「塔？・中庭？ （[t]our? [c]our?）」として、[t]と[c]を補足してあります。以上のように、この部分（第Ⅰ部第五章・「割れたレコードの秘密」参照）はフランス語原文の直訳が不可能なので、訳文で工夫してあることをご理解ください。

さらに、レコードが二つに割れているという設定は、デュマ『モンテ・クリスト伯』第一巻で、獄中のファリア神父が財宝の隠し場所を書いた紙片を誤って半分近く燃やしてしまい、あぶりだしで解読したとエドモン・ダンテスに語るエピソードを想起させます（山内義男訳・岩波文庫版p.402-404）。ヴェリー自身はそのことにふれていませんが、この半分焼けた紙切れの解読から、若きダンテスは地中海のモンテ・クリスト島の洞窟に隠された宝の山を手に入れるのですから、『アヴリルの相続人』の読者は、当時も今も、そのことを思い出しているかもしれません。

＊シャンソン、古典劇、エドガー・ポーなどについて

・物語の展開を導くレコードのコレクションは、もちろん遺言書のメッセージのためではなくて、音楽を聴くために集められたもので、そこには、十九世紀末から第一次大戦までのベル・エポック時代の有名なシャンソン歌手が登場します。なかでもイヴェット・ギルベール（一八六五～一九四四）はムーラン・ルージュなどで絶賛された「シャンソン界の貴婦人」で、その姿はロートレックやシェレによって描かれ、精神分析の創始者フロイトも彼女のファンだったほどです。また、第Ⅰ部第四章のタイトルにもなっているシャンソン「プチポワ」（グリーンピース豆）が大ヒットした男性歌手ドラネム（一八六九～一九三五）は、燕尾服に緑の縞模様の黄色いズボンと小さな丸帽子というコミカ

ルなファッションで、当時のサブカルチャーのシンボル的存在となりました。ギルベールもドラネムも政府からレジオン・ドヌール勲章を授与されたことは、シャンソンがフランス文化の重要な財産であることを物語っています（ピエール・サカ著、永瀧達治監修・訳『シャンソン・フランセーズ』講談社、三木原浩史著『シャンソンのエチュード』彩流社参照）。

・本書には、老俳優が登場することもあり、フランス十七世紀古典劇の有名なせりふがいくつも引用されています。二十世紀の探偵小説と古典劇の取り合わせは唐突なようですが、ラシーヌ、コルネイユ、モリエールらの名作は中高一貫校《リセ》の必須教材であり、一九六〇年当時も現在も、フランスの（勉強家の？）ジュニアたちにはおなじみのせりふなのです。

訳文は次の文献を参照しました。

一五頁：ジャン・ラシーヌ『エステル』第一幕第一場（福井芳男訳『世界古典文学全集』48巻、筑摩書房 p.447）

一六頁：ジャン・ラシーヌ『アンドロマック』第五幕第五場（安堂信也訳『世界古典文学全集』48巻、筑摩書房 p.130）

一一五頁：ピエール・コルネイユ『ル・シッド』第二幕第二場（岩瀬孝訳『コルネイユ名作集』白水社 p.82）

一九二頁：ジャン・ラシーヌ『アタリー』第三幕第七場（渡辺義愛訳、『世界古典文学全集』48巻、筑摩書房 p.508）

・第Ⅲ部のクライマックスでは、エドガー・アラン・ポーの「マリー・ロジェの謎」と「盗まれた手紙」が重要なヒントとなり、とくに「盗まれた手紙」を、少年探偵ドミニックは「十回以上」読んで「いくつかの文章を暗記している」ほどです（一八九頁）。そのせいもあり、ポーの原文通りの引用ではありませんが、邦訳は谷崎精二訳・偕成社文庫版（『ポー怪奇・探偵小説〔2〕』p.107-108）を参照しました。

他にも、第Ⅱ部第二章では、ドルドーニュの館の「未来の家」など、「アール・ヌーヴォーと未来派様式が不調和に混ざり合った」奇想天外な建築がリアルに描かれており、パリの少年探偵団が山奥のワンダーランドに迷い込むファンタジーとして、本作を楽しむこともできるでしょう。こうした建築のアイディアは、ヴェリーの一九三一年の作品 Les Métamorphoses に登場する特異な建築家のイメージが原型になっているようです（『ヴェリー選集・2』解説参照）。

Ⅱ・作家ヴェリーの軌跡と作品の特徴について

1・少年時代から作家デビューまで

フランスのミステリー作家といえば、『黄色い部屋の秘密』のガストン・ルルーや、怪盗ルパン・シリーズのモーリス・ルブラン、それに（ベルギー出身の）ジョルジュ・シムノンらのビッグ・ネームが思い浮かびますが、フランス・ミステリー研究の第一人者松村喜雄（一九一八～一九九二）が、一九八九年にこう書いていたことを、あらためて思い出しておきましょう。

若き日のヴェリー：ヴェリー・オフィシャルサイト参照
https://pierrevery.fr/

> フランスで本格推理小説が量産されるきっかけとなったのは、一九二九年にマスク叢書の冒険小説大賞が創設され、翌年、ピエール・ヴェリイ〔ママ〕の『バジル・クロックスの遺書』〔邦訳『絶版殺人事件』〕が第一回の受賞をしてからである。
>
> 日本と同じように、まず黄金期の英米推理小説が〔フランスで〕翻訳され、その面白さに刺激された。それまでは、ルルー、ルブラン〔…〕のような、冒険大衆小説〔…〕が主流であったが、ヴァン・ダインとかクリスティー〔…〕などの謎・論理・意外な結末に開眼されて、その面白さを知ったのだ。正に推理小説の新しい波がフランスを席捲したのである。
>
> この間の代表作家は、シムノン、ステーマン、それにピエール・ヴェリイの三人と、フランスでは評価されている。（ピエール・ヴェリイ著、松村喜雄訳「ガラスの蛇　前篇」解説、ＥＱ誌69号p.177、１９８９年5月、一部省略）。

三十年以上前の言葉ですが、作家ヴェリーをフランス・ミステリーの歴史にみごとに位置づけて、いまなお重要な分析になっています。少々補足すれば「量産」とは、冒険小説大賞の選考が当初は応募原稿を対象にしており（一九六〇年代から単行本対象）、「冒険小説」つまり「推理小説」を志す新人作家の創作意欲を高める効果があったという意味だと思われます。ジャック・ボードゥーによれば「この賞は、質の高いフランスの推理小説作家の出現に貢献することを目的としていた」のでした。

このような評価をひとまず確認したうえで、フランスの「本格推理小説量産のきっかけ」となった一九三〇年の『絶版殺人事件』出版までのピエール・ヴェリーの軌跡を、ごくてみじかに振り返っておきましょう（『サインはヒバリ』の「訳者あとがき」と重なる部分もあります）。

ピエール・ヴェリーは一九〇〇年十一月十七日、フランス南西部シャラント県の農村ベロン（Bellon）で、裕福な農家に生まれました。県庁所在地のアングレームは「アングレーム国際漫画祭」の開催地として知られ、二〇一五年には大友克洋がグランプリ、二〇二四年には萩尾望都が特別栄誉賞を獲得しています。

少年期は、小学校まで奥深い自然に囲まれた地元で暮らし、中等教育では、最初アングレームの学校に入りますが、一九一三年からはパリ西方の地方都市モー（Meaux）でカトリック系のコレージュ・サント・マリーの寄宿生となりました。この学園では、友人たちと冒険少年三人組「シシュ・カポン」（Chichu capon。「大胆な臆病者」の意）を結成して、アメリカへの「密航」を本気で企てたりしたほどです。この「三人組」の中学生たちの羽目を外した数々のふるまいは、彼の代表作 Les Disparus de Saint-Agil（一九三五）に直接反映されていますが、『サインはヒバリ』や本書『アヴリルの相続人』の少年探偵団にも、その面影がはっきりと残っています。なお、ピエール・ヴェリーが創造した「シシュ・カポン」は、二〇〇〇年に結成されたフランスの人気ピエロ三人組の名前にも採用されました。

ヴェリー少年は、中等教育の数学教員だった父親の影響もあって読書に熱中しますが、とくにジュール・ヴェルヌや、アメリカのメイン・リードの冒険小説が愛読書でした。一九一五年に、コレージュの先生ベルナール神父が、作文の得意な少年に注目して「ヴェリー、君は十五年後に連載小説《フゥイユトン》を出すぞ！」と予言したとおり、ちょうど十五年後の一九三〇年、三十歳の年に、ピエール・ヴェリーは前述のとおり、トゥーサン・ジュジュの筆名で（フゥイユトンではありませんが）『絶版殺人事件』（邦題）を発表し、第一回「冒険小説大賞」（GRAND PRIX DU ROMAN D'AVENTURES）を授けられたのでした。この賞は、冒険小説のコレクション「仮面叢書《ル・マスク》」を刊行するパリのシャンゼリゼ書店が創設し、現在まで続いています。「冒険小説」といっても、フランスではミステリーが主要なジャンルなのです。

ここで時間がもどりますが、高校《コレージュ》時代に父親が政治活動に深入りするなど複雑な事情で教職を離れ、ヴェリーは父と一緒にパリで暮らすことになります（母は数年前に病死）。父の仕事の関係で、ヴェリーは父の友人の息子ピエール・ベアルン（Pierre Béarn）と親しくなりました。ベアルンの父はレストランのオーナーだったので、ベアルンが本書の「グラン・シェフ」、ドミニックのモデルになったと思われます。ヴェリーとベアルンは冒険少年で、その後自転車競走に情熱を燃やし、パリ＝ルーアン自転車ロードレースに選手として参加したほどです。二十歳を過ぎた頃、地中海航路の貨物船「ウエド・イケム」に単身炊事係で乗り込むなど、個性的な「冒険家」のヴェリーでしたが、一九二四年、パリ六区、サンジェルマン大通りの裏通り、ムッシュー・ル・プランス通り（rue Monsieur le Prince）五二番地に小さな古本屋「ギャラリー・ゾディアック（黄道十二宮書店）」を開店したことがきっかけになって、文学の世界に接近することになります。

コレージュを退学して大学には行かず、早くから郵便局や出版社、保険会社などで雑多な仕事をしていたヴェリーですが、「ギャラリー・ゾディアック」の経験を通じて、ジッドやジロドーなど有名作家が店に立ち寄ったことから、文壇への道が開けてきたのです。この時期の実りある経験を通じて「閉鎖的な文壇の鍵を手に入れた」（ジャック・ボードゥーの言葉）ヴェリーは執筆に専念するようになり、一九二九年にはフランスを代表する出版社ガリマール書店から処女作 Pont-Egaré を刊行、有力な文学賞ルノドー賞とフェミナ賞の候補となる成功を収めました。

その翌年、あの冒険小説大賞を獲得して、プロの作家として幸先の良いスタートを切ったヴェリーは、一九三二年に「ギャラリー・ゾディアック」を親友のベアルンに譲り、一九三〇年代以降『サンタクロース殺人事件』、Les Disparus de Saint-Agil、『赤い手のグッピー』などの代表作を続々と発表することになります。

2・ヴェリーのミステリーの特徴について

本書と前作『サインはヒバリ』ばかりでなく、『サン・タジルの失踪者』をはじめとするピエール・ヴェリー文学の大きな特徴は「少年時代」が、こういってよければ、リアルでファンタジックに描かれていることです。シャンゼリゼ書店から刊行された『ピエール・ヴェリー三巻選集』の編者で、「推理小説大賞」（GRAND PRIX DE LITTÉRATURE POLICIÈRE）の選考委員でもあるジャック・ボードゥーは、ヴェリーのミステリーについて「ミステリーと夢の冒険とファンタジーが織り成す彼の「大河小説」のような探偵物語は、独特の詩学を見出すことができた。ピエール・ヴェリーの全作品の重要な特徴は、少年時代がそこで占める位置なのである」（『三巻選集・1』解説）と書いていますが、この指摘は、松村喜雄が名著『怪盗対名探偵　フランス・ミステリーの歴史』で「ファンタジーとしての殺人――ピエール・ヴェリイ」の章を設けて次のように述べたことと、奇しくもぴったり

『ヴェリー三巻選集』表紙

重なっているのです。

ヴェリイの小説は四つの要素から組立てられている。異常さ、驚異、夢、無邪気さ。異常な犯罪こそ、まさにお伽ばなしに通ずるのである。また、驚異こそ探偵小説の醍醐味である。意外な犯人、意外な動機、意外なトリック、ヴェリイは、論理的な考察をつらぬいている。夢は冒険に通ずる。ヴェリイの小説に出てくる少年は、トム・ソーヤーの如く、夢をもち冒険を愛する。これはヴェリイの人生観でもあろう。夢を探偵小説に託すことによって、新しいお伽ばなしを創造しようとする。その意欲が全編にみなぎっている。そして、ヴェリイの探偵小説に登場する人物は、子供のように無邪気である。（晶文社版、p.288。双葉文庫版、p.477-478。「ヴェリイ」は本書では「ヴェリー」と表記。『怪盗対名探偵』の「ピエール・ヴェリー作品リスト」で本書の表題を「四月の後継者」と訳しているのは、松村が当時は未読だったためでしょう。）

ジュヴナイル・ミステリにかぎらず、ヴェリーのすべての作品に共通する「子供のように無邪気」な登場人物と「夢の冒険とファンタジー」こそは、彼の文学の特徴であり、ヴェリー本人も冒険小説大賞受賞直後に『世界評論』誌の質問に、こう答えていました――「作家自身の夢想や幻影（ses rêves et sa vison）から世界を再創造すること、それが作家の役割であるように私には思えるのです。私の書く探偵小説はある種の大河物語のような作品で、千一夜物語の色調をめざしています。そこでは不思議な幻想が重要な位置を占めているので、私の探偵小説が大人のためのおとぎ話になることを願っています」（『Revue mondiale』誌、一九二九年十二月一日号）。

この発言から三十年後の一九六〇年に出版された『アヴリルの相続人』は、ジュニアの読者を意識して書かれてはいますが、『三巻選集・1』の解説でたくみに指摘されているように「ミステリー小説のジャンルに属する正統な権利をもつ作品」であり、「そこには、ピエール・ヴェリーが特に愛着を感じていた要素、彼の「大人向き」の探偵小説に現れる、シャンソンや童謡、暗号、新聞の三面記事、特異で奇怪な現象、商品広告のパロディなどの要素が、たしかに発見される」のです。こうして、作家の生前最後の作品となった本書には、ジュニアからシニアまでの読者を惹きつけるヴェリー文学のほとんどすべての特徴が見出されるといってよいでしょう。

【ピエール・ヴェリー主要作品一覧】＊未訳作品の邦題は仮タイトル

1929年　Pont-Égaré『ポン・テガレ《迷い橋》』
1930年　Le Testament de Basil Crookes『絶版殺人事件』（第一回冒険小説大賞受賞。佐藤絵里訳、論創社）
1931年　Les Métamorphoses『変身』
1934年　Meurtre Quai des Orfèvres『オルフェーヴル河岸の殺人』
L'Assassinat du père Noël『サンタクロース殺人事件』（映画化。村上光彦訳、晶文社）
Les Quatre Vipères『ガラスの蛇』（松村喜雄訳、光文社『ＥＱ』誌）
1935年　Les Disparus de Saint-Agil『サン・タジルの失踪者』（映画化）
1937年　Le Thé des vieilles dames『老婦人たちのお茶会』
Goupi-Mains rouges『赤い手のグッピー』（映画化。東北新社ＤＶＤ版あり）
1944年　Les Anciens de Saint-Loup『サン・ルーの卒業生』
1945年　Le Pays sans étoile『星のない国』
1948年　Goupi-Mains rouges à Paris『パリの赤い手のグッピー』
1954年　Le Guérisseur『祈禱師』
1959年　La Révolte des Pères Noël『サンタクロースの反乱』（村上光彦訳、晶文社）
1960年　Signé : Alouette『サインはヒバリ』（塚原史訳、論創社）
Les Héritiers d'Avril『アヴリルの相続人』（本書）
1961年　Tout doit disparaître le 5 mai『五月五日にすべてが消える定め』（短編集。没後出版）

(*Pierre VÉRY 1-2-3*, Présentation par Jacques Baudou, Librairie des Champs-Élysées/Éditions du masque,1992-1997：『ヴェリー三巻選集』参照）

★

本書の刊行にあたっては、前作同様、企画から校正、出版まで、論創社の森下紀夫氏と同社編集部の黒田明氏、さらには校正者の内藤三津子氏、ＤＴＰオペレーターの加藤靖司氏に大変お世話になりました。皆様の深い理解がなければ、ピエール・ヴェリーのジュヴナイル・ミステリが日本の読者に紹介されることは困難だったでしょう。この場を借りて厚く御礼申し上げます。

二〇二四年八月

塚原　史

〔著者〕

ピエール・ヴェリー

1900年、フランス、シャラント県ベロン生まれ。1920年代にパリで古本屋を経営、文壇とのコネクションを作りながら執筆活動に入り、1929年に“Pont-Égaré”で作家デビュー。「絶版殺人事件」(1930)で第一回冒険小説大賞を受賞後は人気作家となり、「サンタクロース殺人事件」(34)、“Les Disparus de Saint-Agil”(35)、“Goupi-Mains Rouges”(37)と立て続けに著作が映画化された。シナリオライターとしても活躍し、48年公開「パルムの僧院」(スタンダール原作)、57年公開「家なき子」(マロ原作)などの脚本執筆にも携わる。1960年、パリで死去。

〔訳者〕

塚原　史(つかはら・ふみ)

早稲田大学政経学部卒業。京都大学大学院文学研究科修士課程(フランス文学専攻)修了、パリ第三大学博士課程中退、早稲田大学大学院博士課程満期退学。専攻はフランス文学・思想、表象文化論。訳書に『消費社会の神話と構造』(共訳、紀伊國屋書店)、『ダダ・シュルレアリスム新訳詩集』(共訳、思潮社)、『その日の予定』(岩波書店)、『ランスへの帰郷』(みすず書房)、『サインはヒバリ　パリの少年探偵団』(論創社)など。早稲田大学名誉教授。

アヴリルの相続人《そうぞくにん》　パリの少年探偵団《しょうねんたんていだん》2
——論創海外ミステリ　324

2024年10月1日　初版第1刷印刷
2024年10月15日　初版第1刷発行

著　者　ピエール・ヴェリー
訳　者　塚原　史
装　丁　奥定泰之
発行人　森下紀夫
発行所　論 創 社

〒101-0051　東京都千代田区神田神保町2-23　北井ビル
TEL:03-3264-5254　FAX:03-3264-5232　振替口座 00160-1-155266
WEB:https://www.ronso.co.jp

組版　加藤靖司
印刷・製本　中央精版印刷

ISBN978-4-8460-2428-4
落丁・乱丁本はお取り替えいたします